中華頌

中华传统节日庆典诗文集

东方人◎著

CCTV多次播出的节日庆典诗文
传遍大江南北的传统节日诗篇

团结出版社

前言

　　《中华颂——中华传统节日庆典诗文集》是东方人先生创作的一部以中国传统节日为主题的朗诵诗歌集。

　　东方人先生长期在中央电视台工作，曾经担任中央电视台大型专题节目《中华长歌行》的策划人和撰稿人，因为电视节目的需要，他创作了大量的朗诵诗歌，这些诗歌先后被录制成节目在中央电视台等电视媒体播出，受到广大观众朋友的赞赏和追捧，如著名的《中华颂》《红红的春节》《给祖国拜年》等。

　　东方人先生的作品，根植于深厚的中华文化土壤，有着厚重而热烈的家国情怀，既有诗歌的磅礴大气，又很好地体现了现代汉语的声韵之美，通过声音朗诵出来，有着强烈的渲染力和感动力，不仅适合制作成电视节目播出，也适合作为各类文艺晚会的朗诵节目来表演。

　　因此，这部《中华颂——中华传统节日庆典诗文集》，不仅包含了东方人创作的诗歌作品，作者还针对每一首作品进行了创作背景阐述，对朗诵形式、背景画面、背景音乐、服装元素等内容提出了策划参考。同时，书中还有著名演播艺术家李慧敏老师对诗歌进行的朗诵指导视频，教你如何诵读书中的作品。此外，李老师还特别分享了多年艺术实践总结出的朗诵箴言，让读者通过阅读本书，懂得如何用朗诵来表现出这些诗歌的魅力。

　　因此，这部《中华颂——中华传统节日庆典诗文集》不仅是一部充满中国传统人文色彩的朗诵诗歌集，也是一部如何开展诗歌朗诵活动的策划指导书，同时还是一部教你学会诗歌朗诵这一语言艺术的指导教材。

　　《中华颂》是东方人先生送给祖国母亲的一份厚礼，也是我们送给每一个中华儿女的一份礼物。我们希望，通过这部书的出版，能够激发起我们每一个中华儿女对祖国的深沉之爱，让"中华颂"的声音传遍祖国的大江南北……

编者

| 作者自序

诗歌创作，小成始于情绪，中成始于情感，大成始于情怀。三者得其一即可成诗，所谓"诗三百篇大抵圣贤发愤之所为也"当属此意。

十年前，带着一种冲动情绪，率尔操觚，为中央电视台《中华长歌行——我们的节日》栏目写出了几首诗文，本以为是武昌剩竹，拿来抛砖引玉，没想到大家很认可这些样砖，还让我多提供几批。这就惹事了，因为节目策划和撰稿已经很费精力，再参与到诗文创作中，就得拿自己当奇葩使才行。可箭在弦上不得不发，奇葩就奇葩吧，能为中华讴歌，何惧瓦釜雷鸣。

开始没觉得难以下手，后来却发现"非人磨墨墨磨人"，以诗文问道传统，仅靠情绪冲动远远不够，胸中还经常要用古今浇灌一下。但是浇灌太多，又恐诗文会步履蹒跚，负重难行。传统节日说到底是中华民族的情感寄托和人文传承，更是前贤为后人预留好的精神驿站。这些文化坐标气象万千，只有愿意深入其间与之对话的人，才会激荡起有温度的诗文情怀。而我想用笔尖点燃的，正是这些文字的热量。

"丹青难写是精神"，把久远的传统文化，转换为一篇篇亲切可感的节日诗文，一直是我笔耕的课题。十年过去了，当这些诗文真正成为四季回响，传诵于大江南北的时候，我才品尝到传统在心底里的厚味！

因为当时创作的内容繁多，所以用过的笔名也很多，如东方人、云心、百丈海、赵然、王世杰等等，这样就为后来的觅诗者，生出了很多障碍。现一并归名为东方人，无意纸贵传名，只求诵读尽兴。

朱子言：酬唱不夸风物好，一心忧国愿年丰。在中华人民共和国成立70周年之际，我将这些诗文结集付梓，立名《中华颂》，愿看到这本书的人，皆能为祖国而歌，为时代唱诵。

在这里，要特别感谢演播艺术家李慧敏女士对书中诗文进行的诵读指导；感谢团结出版社社长梁光玉先生和编辑萧祥剑先生的鼎力合作；同时，还要感谢诸多好友的大力支持，囿于版面，知名不具，以心致礼！

是为序。

东方人

2019年7月1日于北京

| 目录

诗——

歌——

给祖国拜年

清晨起来，无意间听到了一声雄鸡的啼唤，才猛然醒悟我想说的是什么。

扫描二维码
观看诵读指导视频

男：轻轻地拉开窗帘

　　倾听雄鸡的第一声啼唤

　　祖国啊，我们又迎来了新的春天

女：伴随着初生的朝阳

　　凝望着远方的地平线

　　祖国啊，我们又开启了新的纪元

男：在这个新年的早晨

　　让我们整理好心绪，梳理好容颜

　　然后深深一躬，给祖国拜年

女：在这个明媚的春天

　　让我们焕发出精神，凝聚起情感

　　然后海天一跪，给祖国拜年

男：我们给祖国拜年

愿厚土高天，风调雨顺，锦绣无限

女：我们给祖国拜年

愿古圣先贤，佑护华夏，复兴向前

男：我们给祖国拜年

愿江山社稷，千年永固，坚韧如磐

女：我们给祖国拜年

愿炎黄子孙，大道归根，血脉团圆

男：我们给祖国拜年

是为了那些说不完的成就和奉献

女：是给《论语》，是给都江堰

是给袁隆平的杂交稻，是给共和国的辉煌盛典

男：我们给祖国拜年

　　是为了那些数不尽的善良和平凡

女：是给风雨里路人的一把伞，是给孝顺父母的一身汗

　　是给沙漠中执着的栽种者，是给为小动物留下的一碗饭

男：我们给祖国拜年

　　带着感恩，带着忠诚，也带着赞叹

女：我们给祖国拜年

　　带着崇敬，带着自豪，更带着祝愿

男：愿乾坤天地，为中华盛世，开千载福泽

女：愿五洲四海，为华夏文明，留万世灿烂

男：我们给祖国拜年了

女：我们给祖国拜年了

合：我们给祖国，拜—年—啦！

● 诵读形式：

独诵，二人诵，合诵皆可。

● 作者阐释：

每年新春来临，总觉得有些话要说，除了和家人朋友交流之外，还有些话好像一直积蓄在心底，难以抒发出来。究竟是什么，自己都说不清楚。《中华长歌行》节目开办的第二年春节，清晨起来，无意间听到了一声雄鸡的啼唤，才猛然醒悟我想说的是什么。于是，赶紧洗漱，沉静心绪，然后伏案疾书，完成了这首《给祖国拜年》。写好之后，自己先轻轻诵读了一遍，这个诵读的过程，就仿佛是站在长辈的面前一样，不敢有一丝懈怠。这时候能够想到的最好表达，就是那"海天一跪"，有了这样一跪，所有情感都得到了释怀。

裴多菲说的好：我是你的，我的祖国！都是你的，我的这心、这灵魂；假如我不爱你，我的祖国，我能爱哪一个人？

● 朗诵箴言：

诗歌，是一个灵魂对更多灵魂的感召，朗诵，是一个灵魂对更多灵魂的诉说。要做到用心诉说，朗诵者就应清楚的知道：你是谁，向谁说，说什么，为什么说，怎么说。

● 诗歌首诵：

任志宏　海霞

● 背景视频

可从中华秀丽的景色里，逐步转入到人文景观中；从巧夺天工的自然之美，转换成中国人的生活之美。祖国是什么？有人这样描述：祖国是山，是海，是森林，是草地，是村庄，是城市，是茫茫无垠的沙漠，是绵延起伏的丘陵，是炊烟，是鸽哨，是端午的龙舟，是中秋的火把。这些，都是背景画面。可多采用有寓意的视觉语言，把那些既生活又接地气的正能量信息，纳入到诵读环境中来。用它们作为现场情绪的助燃剂，来增加诵读的摄受力和情感推动。

● 音乐策划:

　　这个音乐,应该从相对平和静谧的状态进入,例如流水声,鸽哨声,以及清晨特殊的环境音效。然后,逐渐融入器乐旋律。通过与现场背景视频配合,把观众带入到预期的诗文意境中。音乐主体突出四个字,温暖祥和。但是,推进层次必须清楚,要利于情绪发挥和调整,有条件的,可自行创作或编辑。

● 服饰设计:

　　这首诗的时间指向非常明确,就是中国的新年,因此,诵读者的服装要求喜庆吉祥,有中华民族的服饰特点,要与浓郁的节日氛围相匹配。即便是西服,也要点缀一些有节日色彩的装饰物。

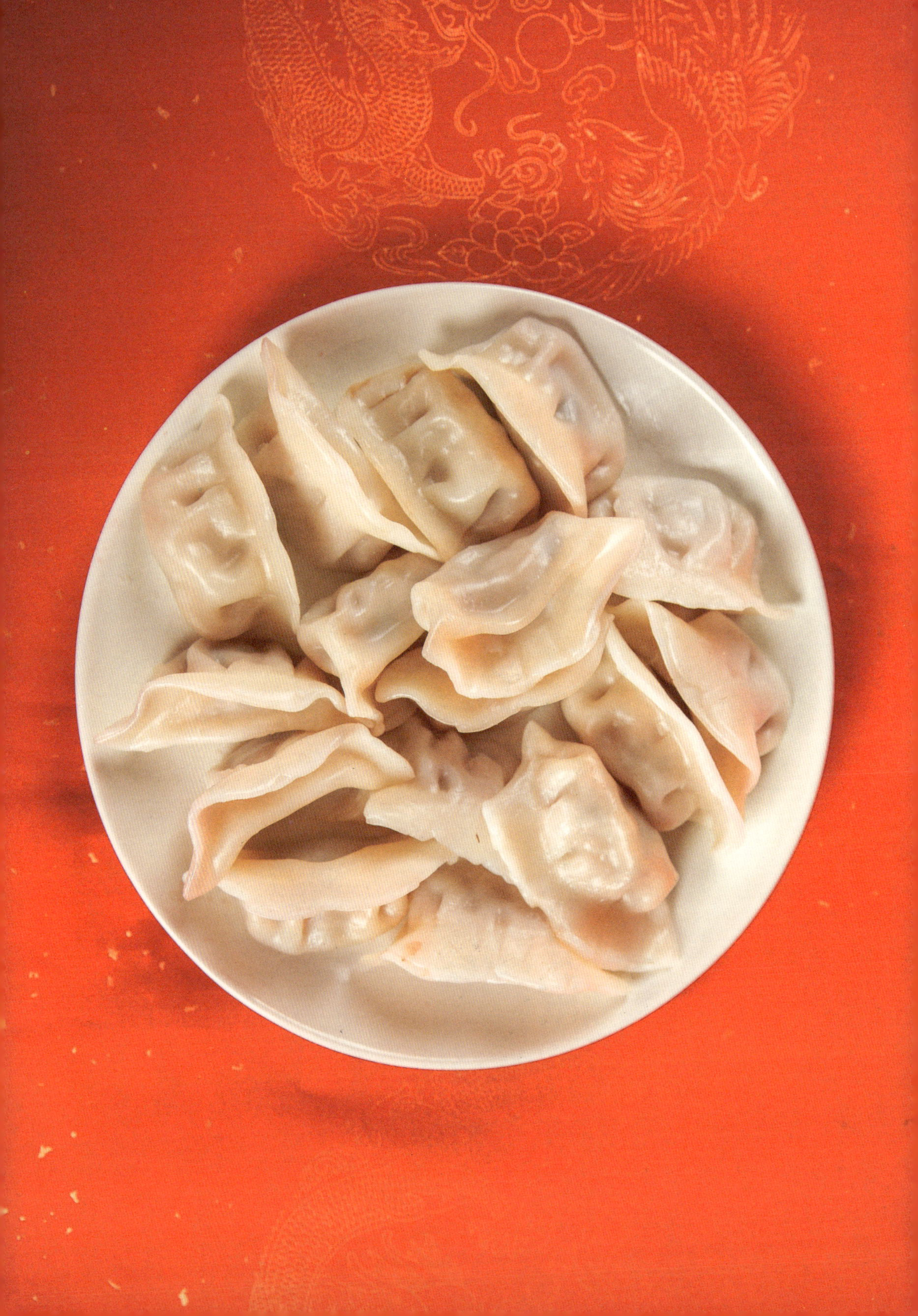

红红的春节

小时候不太明白，为什么大人们一到过年就弄得到处都是红色，当时他们给出的答案是「喜兴」。

扫描二维码
观看诵读指导视频

甲：你来了，红红的，踩着新年礼花的大脚印

乙：你来了，红红的，伴着嫦娥探月的中国心

丙：你来了，红红的，驾着紫气霞光圣火祥云

丁：你来了，红红的，映着社日朱联灯彩炉温

甲：你来了，天下的幸福都成了红色的甘霖

乙：你来了，任何色彩都只能是红的陪衬

丙：你来了，爆竹声沸腾了一个火红的年份

丁：你来了，团圆酒喝醉了一个彤红的新春

甲：红红的，是这红色，

　　让复兴的理想得以梦想成真

乙：红红的，是这红色，

　　铸起了世界东方的中华巨人

丙：红红的，是这红色，

　　激发出一个民族的自强精神

丁：红红的，是这红色，

　　在航天强国里也有中国人的名分

甲：中国人脱不了这个红啊，

　　那是民族历经千年的遗传基因

乙：中国人离不开这个红啊，

　　那是祖先早已打上的龙族烙印

丙：中国人真喜爱这个红啊，

　　所以每个节日都用她装点铺陈

丁：中国人都相信这个红啊，

　　因为她是吉祥正气美的化身

甲: 红红的春节, 你来吧, 带上你的春风和吉祥福分

乙: 红红的春节, 你来吧, 捎来你的热情和一路慰问

丙: 红红的春节, 你来吧, 让春暖花开、风调雨顺

丁: 红红的春节, 你来吧, 让国运昌盛、万象更新

甲: 2019

乙: 2019

丙: 2019

丁: 2019 的春节

合: 我们, 我们感谢你, 如约来临

二人诵，四人诵，伴诵皆可。

● **作者阐释：**

这首诗是由色彩发起的创作动机，是从色彩语言进入到诗歌语言。因为色彩语言本身就是语码信息，所以，色彩也就承载了多重的文化寓意。

小时候不太明白，为什么大人们一到过年就弄得到处都是红色，当时他们给出的答案是"喜兴"。但这样的解释只能是在我还懵懂的年代，长大后才知道，红色对这个民族有多么重要，远不是"喜兴"两字就能解读的。

在这块古老的土地上，只要见到这个红色，你必定是在一个吉庆的环境里，因为这个红色几乎就是中国人眼中美好事物的基色。看看古诗词里的红色描写就会明白，这个红是多么耀眼。它可以点燃"日出江花"；也可掩映"千里莺啼"；还可分得"半江瑟瑟"；更能烧得"竹炉汤沸"。当然，这抹红色，也是我写诗的最初冲动，我只想用我自己的方式给出一些红色的解读。也许，这些似乎深入的解读，跟"喜兴"也差不多。

● **朗诵箴言：**

朗诵，非一般朗读，它是把平面文字立体化、有声化、情感化、艺术化的创作过程。它非播音、非主持、非演播、非话剧表演、非影视对白，它是带有上述姊妹艺术特质而独立存在的有声语言艺术。

● **诗歌首诵：**

段奕宏　陈思成　张译　张国强

● **背景视频：**

可选择传统春节符号以及最新的新闻事件对诗文内容进行有层次地编排。春节符号题材广泛，凡是适合在春节里表现的民俗、事件、人物皆可入画。从本命年的腰带，到寿服寿桃；从添丁进口的红布条，到满月时的"满月圆"；从舞龙灯的绣球，到锣鼓唢呐的饰物；从女孩儿的红头绳，到开业剪彩的花团；从悬挂的灯笼，到春联和窗花……更不要说那些具有时代感的事件和人物了。美国符号论美学家朗格说："所谓艺术表现，就是对情感概念的显现，所谓艺术品，说到底，也就是情感表现。"春节符号是一种浓烈的物象情感记忆，不论是民俗，还是国家成就，都是人文情感的一种体现，运用得当，就会有震撼力。

● 音乐策划：

这个背景音乐，大体可以分为三个段落。第一段即可采用浓烈的抒情旋律开头，感觉诵读者的出场是被音乐推出来的。伴随着诗文第二小节的结束，音乐情绪应到达一次小的高潮。第二个音乐段落，宜采用叙述性的旋律，音乐情绪可从舒缓逐渐走高，为第三大段的情绪聚集埋下伏笔，进而达到情感的最终释放。诵读者可剪辑部分交响乐章节来试诵，找到诗文与音乐的情绪对应点。有条件的，也可自己来进行音乐创作。《红红的春节》原版背景音乐，是由音乐人为诗文专门创作的，所以，演员张译、张国强、陈思成、段奕宏诵读的时候，音乐情绪和语言情绪的对位非常完美。

● 服饰设计：

参加春节这样的活动，服饰首先要符合民俗要求，方向就是喜庆、靓丽，才能营造与节日相适应的演出氛围。特别是这首《红红的春节》，跟诗文的创作一样，服饰上怎么用红？哪里用红？是诵读者必须花点时间思考的问题。一首诗文，诵读者的语言能力固然重要，可如果失去了外在的威仪和风度，也会在审美情趣上失分，进而影响到作品的感染力。

记住这动人的
中国红

中国红就是中华文化的底色，
是中华文化的图腾和精神皈依。

男：春节是有颜色的吗

　　这是一个稚气的提问

　　可我偏偏要回答

　　有，是红色的，而且红得祥和喜人

　　不信你看，那红色已经染遍了朱联、烧旺了炉火

　　引来了漫天的礼花缤纷

　　如果说春节不是红色的

　　还有什么色彩能够这般风韵

女：团圆是有颜色的吗

　　这是一个温暖的提问

　　可我还是要回答

　　有，是红色的，而且红得意浓情真

　　不信你看，那红色已经斟满了酒杯、漫过了面颊

　　浸透了游子的泪眼风尘

　　如果说团圆不是红色的

　　还有什么色彩能够这样醉人

男: 孝顺是有颜色的吗

　　这是一个特别的提问

女: 但我依然会这样回答

　　有, 是红色的, 而且红得格外深沉

　　不信你看, 那红色已融入了《孝经》, 温暖了岁月

　　唤起了华夏的大爱人伦

男: 如果说孝顺不是红色的

　　还有什么色彩能够这样纯真

女: 中国是有颜色的吗

这是一个早有答案的提问

男: 但我必须要大声地来回答

有,红色的,而且红得一往情深

女: 红色中国,是共产党人的天然身份

从南湖红船出发的那天起,

中国,才迎来了真正的新春

男: 如果说中国不是红色的

还有什么色彩能与她相称

男: 记住这动人中国红吧

合: 因为这红色里, 有血脉的留存

女: 记住这动人中国红吧

合: 因为这红色里, 有慈孝和忠贞

男: 记住这动人中国红吧

合: 因为这红色里, 有尧舜禹的精神

女: 记住这动人中国红吧

合: 因为这红色里, 有自豪的中国人

● 诵读形式:

二人诵。

● 作者阐释:

中国红是什么? 不同的人会有不同的答案。如果你来问我, 答案很简单, 这是中国人的灵魂之色。也许, 这个答案不能让每个人都满意, 但不管满意与否, 尚红的习俗, 记载了中华民族从古至今的红色热情, 也洒下了中华民族一路拼搏的红色热血。从某种意义上说, 中国红就是中华文化的底色, 是中华文化的图腾和精神皈依。

现在比较流行一句话是"如果奇迹有颜色, 那一定是中国红!" 我还要再加上一句, 如果你懂得中国红, 就一定能创造奇迹!

● 朗诵箴言:

语言艺术创作的核心手段说来不复杂, 就两点: 理解, 表达。前者是语言艺术创作的内部技巧, 后者是语言艺术创作的外部技巧。理解是完成内容的挖掘, 表达则是技巧的运用。

● 诗歌首诵:

肖雄 何正军 吴京安

● 背景视频:

这首诗文的背景画面较容易选择, 因为诗文中就有画面, 虽然从具象到抽象需要有一个演绎过程, 但是, 顺着诗文的走向, 中国红已经有了真切可感的内容, 而且, 每一个段落的"画面意向"绝不漫漶。顺便说一句, 诵读者对背景画面的设计, 能反映出对诗文的理解, 也能检验出诵读者诗外的功夫。这五段诗文的背景画面究竟该展示些什么? 我的答案是——龙族光荣!

● 音乐策划:

仅就这首诗而言, 音乐可以不用那么早介入。有诵读就有音乐, 也是俗手套路。这首诗的前两个段落, 可采取音乐留白, 突出诵读者的语言带入力, 以无乐胜有乐。在第三、四个自然段落里, 再慢慢渗透音乐, 进而在诗文的第五段落, 把音乐情绪推向最高潮。

● **服饰设计：**

　　这首诗文的时空指向比较宽泛，可以是元旦，可以是春节，可以是国庆，可以是中秋，更可以是任何一个有红色记忆的节日。所以，诵读者的服饰设计，要依据当时特定的环境而定。从某种意义上说，服饰所传达的情感与意蕴，甚至是语言都替代不了的。特别是在演出现场，得体的服饰是一种礼貌，会直接影响到演出效果。同时，也是对诵读者文化修养和审美能力的一次综合判定。

华夏同欢

龙族要团圆

兄弟凭栏望

一份离愁

别了多少风华年

一次团聚

老了多少英雄汉

长河落日

大漠孤烟

问世间，悲欢谁看？

白发三千

一行鸿雁

唤回多少游子帆

一句乡音

结下多少好伙伴

海上明月

梦中江山

何不让，天地共证

华夏同欢

春到人间

又是万里不夜天

歌随大江去

思念在潮前

又是一年

还是隔海道平安

兄弟凭栏望

龙族要团圆

● **诵读形式：**

独诵，二人诵。

● **作者阐释：**

著名男中音歌唱家廖昌永曾经演唱过这首歌，本来我是要写成一首诗的，可是看到一部纪录片后，我改成了歌词。那个纪录片是讲一个台湾老兵高秉涵的故事，他把故去战友的骨灰，一个个送回了故土。故事很感人，我感动于那份战友之间的真情，也感动于老人许下的心愿。看过片子后的很多天里，眼前还是那些镜头：一坛坛骨灰，一次次飞行，一行行热泪。其实，这本是可以避免的人间悲剧，可是它的确上演了，而且今天还在演绎着，华夏同欢的日子，难道还要延迟下去吗？

所以，只要能完成这个同欢的心愿！不论以歌、以诗，我看皆无不可。

● **朗诵箴言：**

朗诵，是在字里行间的修行；朗诵，是在音声韵律中的禅定。我们修正过往错误的想法、看法、做法，获得当下甚深智慧的宁静。有文化修行必然可证艺术之果，有音声禅定，必然能超越凡俗境界。

● **背景视频：**

最好有纪录片的画面为背景，新闻图片也可以，因为高秉涵是2012年感动中国十大人物，他的报道有很多。这样的故事背景容易吸引眼球，何况还有真人的画面。所谓视觉冲击力，就是情感的深度触动，古往今来，人类的最柔软的部分就在这里。

● **音乐策划：**

这首诗，个人觉得可以不用音乐，因为这种情感的氛围比较难拿捏，如果弄得可有可无，何必多此一举，艺术表现的可贵之处就在于准确把握。

● **服饰设计：**

服装的应用，要针对节日的属性。这首诗是春节里的思念，当然服装就是春节的演出服饰，具体的服装个性，还是要依人而定，不可过于执着。

中华新春引

红日高升 其道大光

河出伏流 一泻汪洋

一元初始

万象更新

华夏紫气又登临

望江山日暖，天工开泰

一派浩荡缤纷

是谁在唱

轩辕古韵，中华长歌

引来盛世入门

竹炉初沸，桃符才写

即见龙族精神。

慎终追远，重孝
厚德载物，品真
和谐世界天地人
俯仰苍穹，
看我炎黄子孙

七十华诞又一春
复兴耀国门。
当奋起的，奋起
该归根的，归根。
血脉犹在，大道永存！

● 诵读形式：

独诵。

● 作者阐释：

如果按照演出次序来排定的话，这首诗应该叫作片头诗或是开场诗，我写这首诗，虽然也有节日依附，传统考量，但文字的终极指向是"复兴耀国门"。今天，梁启超先生所祈盼的少年中国，已经是"红日高升，其道大光，河出伏流，一泻汪洋"。所以，这首诗发出的应该是呼唤，凡我族类，时不我待，皆应为中华民族的复兴助力。正所谓"当奋起的奋起，该归根的归根"，这是诗文的核心。

● 诗歌首诵：

徐涛

● 朗诵箴言：

对于诵者，永远不变的创作原则就是内容永远大于形式。切不可以一种朗诵形式，格式化的套用于所有诗文，正所谓"终日寻春不见春"，踏破了芒鞋，诵遍了春水，还是不知道"春"在何处。

● 背景视频：

这首诗的背景很清晰，可选择春节里最具有表性的视频符号及动态文化信息。因为诗文相对较短，追求画面的冲击力是必须的。画面主体人群可分为两部分：一是境内的龙族血脉，二是境外的炎黄儿女。要把同根、同族、同源作为视频的连接主体，体现中华儿女共同走伟大向复兴的期盼和渴望。

● 音乐策划：

这首诗文可以少用音乐，淡用音乐。对于相对较短的诗文而言，用语言直面观众，远比用采取繁复的手段更有传播效果。

● 服饰设计：

建议选择有焦点效应的新年服饰，最好是独家定制的中式服装。

清明九樽赋

清明节我以九樽为诗

是我奉上的至尊之礼

公元 2019 年四月，农历已丑暮春，炎黄子孙扶觞清明。携先烈之浩气，怀先贤之遗风，书盛世之伟业，追八纮之真情。芳风庵蔼，慰无数英名；荣耀当世，映万古常青。酒樽高擎，洒尧之都舜之壤禹之封；精神永在，看龙族人壮伟业长歌行！

领诵：一樽奉穹苍，星汉灿烂浩气长
群诵：北斗领群宿，和谐如参商
领诵：二樽奉炎黄，四海同根血脉长
群诵：始祖引大道，龙族日月光
领诵：三樽奉社稷，神州万里锦绣长
群诵：江河浴灵秀，山岳沐春阳

领诵：四樽奉大德，千秋百代文明长

群诵：华夏布德泽，紫气耀东方

领诵：五樽奉四季，天道归根恩惠长

群诵：春耕夏种多，秋收冬藏忙

领诵：六樽奉先烈，铁血丹心壮歌长

群诵：天地英雄气，生死轩辕墙

领诵：七樽奉祖乡，赤子苍头源流长

群诵：潺潺宗亲水，澎湃成大江

领诵：八樽奉故亡，人伦大爱忠孝长

群诵：慎终追远情，中华礼仪邦

领诵：九樽奉清明，万物有灵共举觞

群诵：长歌吟罢花作雨，化入春风万古香

● 诵读形式：

一人领诵，群诵。

● 作者阐释：

清明，既是节日也是节气，这个节日在中国社会的影响力，从古至今都名列前茅。过清明的不仅有汉族，还有满族、壮族、鄂伦春族、苗族等二十四个少数民族，且都有自己的节日表达方式。应该说，这个节日是中国人情感活动最为强烈的节日之一。

梁漱溟先生曾将中国人亲情关系的理想境界描述为：要在有与我情亲如一体的人，形骸上日夕相依，神魂间尤相依以为安慰。一啼一笑，彼此相和答；一痛一痒，彼此相体念——此即所谓"亲人"。人互喜以所亲者之喜，其喜弥扬；人互悲以所亲者之悲，悲而不伤。盖得心理共鸣，衷情发舒合于生命交融活泼之理。

中国的节日，大多和祭祀有关，哀以乐感，乐以哀感，便是中国人的大幽默，大安详。这首诗表要达的是"亲者之悲，悲而不伤"，只不过我把梁先生所说的亲者放大了一些，把山川大地、日月星辰都包括在亲者之中。更何况中华民族本来就有"敬天法祖"的信仰，因为天地万物的确和我们亲如一体，没有它们的滋养，就没有华夏苗裔，龙族血脉。所以，清明节我以九樽为诗，是我奉上的至尊之礼。

顺便解释一下，"和谐如参商"一句有人质疑，参星和商星和谐吗？的确，参星在西，商星在东，两颗互不碰面的星星，在古人看来或许并不和谐。但和谐的真正意义，不一定是同场竞技，双星争辉。不争不竞，恰是大和之道。正如尧知许由贤德，欲禅让于他，许由听后，坚辞不就，洗耳颖水，隐居山林一样。由此可见，一隐之德，胜于竞贤。

● 诗歌首诵：

徐涛

● 朗诵箴言：

朗诵者是诗文的作曲家。诗歌的音乐性是诵读的魅力所在，朗诵者要做的是用音声为诗"作曲"，即对音高、音长等有声语言要素进行氛围编程，透过强弱、节拍、切分、休止等变化设计，使之跌宕起伏，节奏鲜明，增加诗的歌唱性和心灵仪式感，最终谱写并营造出沁人心田的语言交响乐。

● 背景视频：

这首诗的背景画面应该更加宏阔一些，画面的物象，应对准中华文明的塔尖部分，是要在上下五千年的史册里洒扫。找对了这些物象画面，不仅能打开现场的视觉维度，还能让诗文散发出更加强大的精神力量。

● 音乐策划：

可以选择无音乐伴唱（阿卡贝拉）为诵读背景。在整个诵读过程中，这个无音乐和声用得好，一定会为诗文的诵读增光添彩。特别是这首诗，在诵读张力上有足够的空间。因此，朗诵声部和伴唱声部的配合，必须达到三位一体的共振效应，就象完成一首交响乐那样。因为诗文现场的所有情绪，都是靠人声来催动的，这样就会产生出一种"美学力场"。所谓"美学力场"就是指在演出现场产生了多点共振：共振的振源是诵读者，振点是伴唱者，共振力就是观众。如果有了这个共振效应，演出必定是成功的。

伴唱内容不必有具体歌词，就是用语气词来进行气氛渲染，辅助现场的语言诵读。当然，这要有一个阿卡贝拉团队来配合，有一个整体的音乐设计。《清明九樽赋》的原版音乐，是由作曲家专门为这首诗创作的。但是，不论采取哪种背景音乐，目的都是辅助朗诵，不是自我表现，喧宾夺主。

● 服饰设计：

清明服饰相对于其他节日来说，毕竟不同。从传统节日的角度来看，清明属于忌日，不宜穿着色彩艳丽的服饰。但这并不是说，清明节的着装就必须暗淡无光，全无色彩，关键是能够表达出追思者的敬畏和庄重。

我们来看一下着装的TPO原则，T代表时间、季节、时令、时代；P代表地点、场合、职位；O代表目的、对象。

这是世界通行的基本着装原则，从中不难看出，一是要与时间、季节相吻合，符合时令；二是要与场合环境，国家、区域、民族习俗相吻合，符合人的身份；三是要根据交往目的，交往对象来选择色彩和款式。

因此，清明服饰，建议有针对性的进行制作，力求既符合清明民俗礼仪，又有独特的服装个性。如果真没有特别的服装，也要在饰物礼仪上多动些脑力，用饰物语言来调节服装语言的单调。

盛世清明颂

慷慨捐躯　只因民族大义

长歌当哭　皆为中华英灵

天地有正气

相约赴清明

下清大地江湖海

上明苍穹日月星

朗朗乾坤, 促万物苏醒

荡荡大道, 为忠烈壮行

山岳刻下群英谱

江河传唱不朽名

慷慨捐躯, 只因民族大义

长歌当哭, 皆为中华英灵

人生自古谁无死

丹心在, 照汗青

万物此时, 清洁明净

神州此时, 浩气充盈

一杯水酒向天倾

凛凛英雄气, 千秋万古铭

● 诵读形式：

独诵，群诵，伴诵皆可。

● 作者阐释：

诗的第一句，就延续了《正气歌》的文化血统。文天祥的"天地有正气，杂然赋流形"，是说天地之间有一种正气，依靠着这股正气，天地万物才能生生不息，生长流传。是的，这股正气，在天可以清日月，在地可以净江湖，在人可以养身立命，即所谓"浩然"之气。所以这股天地正气，正是清明世界所盼，清明时节所需的。

华夏祖先订立的这个日子，与其说是节日或节气，不如说是订立下的一种生存格调，好让后世子孙，在每一年的清明都能提醒自己，这份清明之气的珍贵。王国维说"有境界自成高格"，《盛世清明颂》所追求的，就是这样一种历久弥新的格调。

● 诗歌首诵：

徐涛

● 朗诵箴言：

致敬经典，音声化人。前者是朗诵者的态度，后者是朗诵者的目的。所谓经典就是长期被社会实践证明了的经久不衰的真理。我们致敬经典是祈愿那些真理成为润化、变化、塑造我们精神气质的资粮，从而真正做到一个灵魂影响更多的灵魂。

欲行其事，先明其理，理事皆明，方得始终。

● **背景视频：**

　　这个节日的视觉语言应该是独特的，从天体演变到蓝色地球的形成，再到具象的山河大地、人文景观，要表现的内容就是清明气象。这是宇宙自然的理想状态，也是人类社会的理想状态。不管中间的转换有多少明暗曲折，最终还是那四个字：法尔如是——因为世界本来就该是这样的。

● **音乐策划：**

　　可从特殊的宇宙声进入，慢慢形成有物象的音乐旋律，类似创世纪的音乐描述，然后引入到诗文第一句"天地有正气"。开头音乐要有强烈的带入感，但不宜太长，免得造成冷场。后面的旋律，逐渐有民族器乐加入进来，是一种柔中带刚的情感涌动，直到全诗结束。总的来说，这首诗的背景音乐宜缓不宜快，但是，要有起伏跌宕的情绪处理。

● **服饰设计：**

　　建议采用中式服装，领诵与伴诵的服装样式应有主次区别。每年，都会走过一次清明

清明的致敬

也许抛砖引玉　也许探骊得珠

我只是希望清明的景色常伴人心

每年，都怀着由衷地崇敬

当黎明的光芒把大地唤醒

我们该怎样表述那份深情

追忆怀念、可以寄托哀思

鲜花水酒、也可为英烈壮行

可先辈的牺牲，并不是等待这份祭奠

曾经的殊死奋斗，为的是天下清明

清明，那是华夏美好的梦境

清明，曾让东方巨人豁然苏醒

通向清明的路上，有过很多足迹

只有共产党人，才能不辱使命

清明，那是改革开放的实施

清明，那是一国两制的澹定

清明，那是海峡血脉的通航

清明，那是一方有难，八方支援的真情

人心清明，才能有理解尊重
国家清明，才能使社会繁荣
世界清明，才能会彼此共生
天地清明，才能让万物兴盛

我们以清明致敬
请先辈们给今天的中国作个见证
听听这春天里和谐的声音
享受一下这土地上醉人的宁静

我们以清明致敬
请先辈们为儿孙的成绩作个点评
看一看这70年来的惊人成就
说一下说这波澜壮阔的风云历程

现在，让我们屏住呼吸
用清明记录，用清明谛听
你会听到朗朗乾坤下，响起了脚步声
那是中华民族，正走向伟大的复兴

● 诵读形式：

独诵，二人诵，伴诵。

● 作者阐释：

始于感恩之情，超越伏惟尚飨，是成诗的动机。正象诗文里写的：先辈的牺牲，并不是等待这份祭奠，曾经的殊死奋斗，是为了天下清明。清明是什么？在我看来，应该是一种良好的社会生态环境。在这首诗里，我试着给出了一些解读。也许尚有偏颇，也许醍醐灌顶，也许抛砖引玉，也许探骊得珠，我只是希望清明的景色常伴人心。

● 朗诵箴言：

潜台词是表演艺术专业术语，潜台词是什么？潜台词是潜伏在白纸黑字中没有说出来的话，但它却是语言的灵魂，是语言的实质。潜台词是语言艺术的重要技巧，挖掘每句诗文中的潜台词是规定动作，因为没有一句话没有潜台词。如果真有什么语言表达里没有潜台词，那肯定说的是句废话。

● 服饰设计：

李慧敏　任志宏

● 背景视频：

这首诗的背景画面，应体现近现代先烈们的奋斗历程。特别是新中国成立以来的伟大成就。重点是人心清明，国家清明，世界清明，天地清明，找到了这四种清明的视频语言，就完成了对诗文最华彩的物象解读。

● 音乐策划：

这首诗文的背景音乐，建议以庄严大气的祭奠性旋律为主，背景音乐里可以有铜管乐的介入，以增强情绪渲染力度。但要注意音乐与诵读声音前后关系，音乐营造的应该是后景氛围，而不是前景幕布。能让诵读的声音穿行在音乐构成的氛围景观之中，又不被音乐景观所遮掩屏蔽，才是背景音乐该呈现的至高境界。

● 服饰设计：

这首诗的服装设计可以现代一些，但不能失去庄重感。如果仅就清明这个词来看，它本身就有明朗、清澈之意，所以，服装的设计也不该是死板的、暗淡的，应该散发出节日的活力和亮色。因为，艺术创新也需要加倍清明。

长歌偈

传统文化，就是中华民族的根和魂

在几千年历史中创造和延续的中华优秀

赵钱孙李

周吴郑王

冯陈储卫

蒋沈韩杨

盘古开天

始祖炎黄

大德先贤

紫气东方

千年浩气

百代成长

文明四海

德映八荒

中华民族

大道无疆

指点江山

文字激扬

天有风雨

国有栋梁

神州和谐

百姓安康

华夏佳节

六合吉祥

厚土高天

佑我家邦

● **诵读形式：**

领诵，群诵（不能少于三十人）。

● **作者阐释：**

一直想把《百家姓》写入诗行，"中华长歌行"栏目的创办，终于让我得偿所愿。为了使这个节目与普通人有一个直观的联系，我把"百家姓"前十二个姓氏植入到了诗中。目的有二：一是可作为诗文的引言，让传统的中华姓氏，融入现代诗文的语境；二是让观众通过熟悉的文化路标，找到我们的历史来路。

长歌偈是节目的开篇词，同时，也是我们在节日里的祈愿文。

● **朗诵箴言：**

朗诵者要记住初读作品时内心的情感波澜、产生的形象、色彩、画面和自己能感受到的温度。这样才会是"我读了，我看见了，我说出来了"。

● **背景视频：**

建议用中国书法为画面开端，把真草隶篆的姓氏笔画，演变为无数的历史人物和建筑，写意出中华民族的根和魂。习主席说：中华民族在几千年历史中创造和延续的中华优秀传统文化，就是中华民族的根和魂。所以，展示好这些传统文化，就是找到了中华民族的根和魂。

● **音乐策划：**

这首诗文可以没有音乐，就是用领诵和群诵来支撑视听空间，可适度用击鼓声来渲染气势，营造诵读情绪氛围。

● **服饰设计：**

如果有条件的话，建议在现场进行一次服装样式或服装色彩的变化，至少完成一次。配合诵读内容，营造意外的穿越效果。

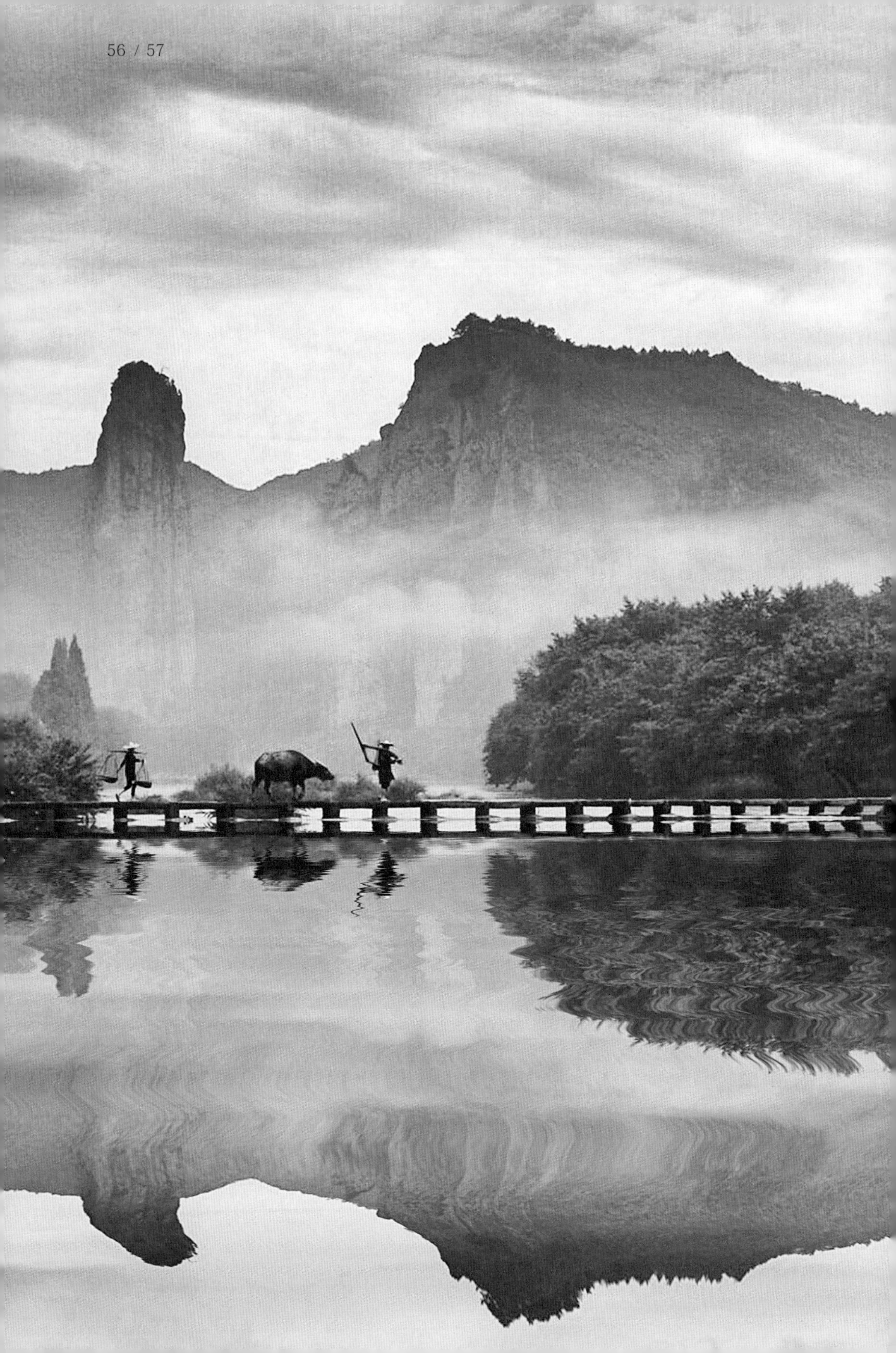

端午大江赞

伟哉大江 濡染了一方国土

壮哉大江 诗化了一个民族

一条江

因为容纳了一具忠骨

从此荡漾了英雄无数

一个人

因为投入了汨罗怀抱

生命里流淌出千帆竞渡

"终刚强兮不可凌"

是人格的吞吐

"魂魄毅兮为鬼雄"

是气节的担负

高山仰止，留风雅一路

光风霁月，开颙望序幕

携百川而入海

听《涉江》的脚步

历万古以扬波

任《离骚》来倾诉

泱泱浩气，不为供人仰慕

冰壑玉壶，才是生命的奔赴

沧浪之水

曾留下历史的托付

屈原若在，

会赞美簇新的橘树

受命不迁，忠诚构筑

食毛践土，报根深蒂固

伟哉大江
濡染了一方国土
壮哉大江
诗化了一个民族
"蓝墨水的上游"还会有灿烂的歌赋
风骨犹在, 探骊得珠

● 诵读形式：

独诵最佳，二人诵也可。

● 作者阐释：

"烈士的终站，就是诗人的起点？昔日你问天，今日我问河"，站在汨罗江边的时候，耳边就有了这样的诗句。那个问天的是屈原，那个问河的是余光中，而我该去问谁呢？

望着这条流淌了千年的大江，我忽然间明白了"颙望"这个词的正解：一是凝望，即抬头呆望，我当时的情况就是这样；二是仰望，敬仰地期待，我当时的状态就是这样；三是盼望，痴痴地等待，我当时的心情就是这样。于是，第一句诗脱口而出：一条江，因为容纳了一具忠骨，从此，荡漾了英雄无数……

《端午大江赞》写出来了，这大概是我在江边悟到的答案吧。在没写出这首诗之前，汨罗江只是流淌在我的眼里，诗写出来之后，汨罗江就流淌在我的心里了。所以，我要感谢诗神遗留在江中的千载余情，因为他的高格，才会荡漾古今，丰沛文思。

● 诗歌首诵：

徐涛

● 朗诵箴言：

朗诵者要在诗文中领悟作者的志向、思想和态度，要把作者的诗文变成朗诵者自己的心声倾吐出来。

● 背景视频：

首先要呈现的是汨罗江，因为这条汨罗江在诗人的眼里，是一切诗歌的源头，所以，它被称为"蓝墨水的上游"。背景画面，当然也应该遵从这个规律，从汨罗江的奔涌，漫过古今文化空间，最终汇聚在中华文明长河之中。从具象到抽象应有所侧重，从写实到写意要有意境上的提升。

● 音乐选择：

建议选择磅薄大气的音乐来烘托诗文的诵读，因为中华诗文的千年交响，就是由《离骚》拉开的序幕。音乐段落的设计要有层次，敬仰，缅怀，追思，赞颂，随着诗文情绪的递进要有变化，不能一调走天下。这首《端午大江赞》的原版音乐，是由作曲家为诗文专门创作的。如果有条件，或是自己有音乐创作能力，可以尝试一下音乐的创作或剪辑，这对诗文的理解，大有裨益。

● 服饰设计：

从严格的意义上讲，端午节也属于忌日，但这个传统节日演变到今天，形式上已经有了很大的变化。服装的样式和色彩，基本上已经脱离了原来的桎梏，变得更加活泼和张扬。而且，各地的文化尺度也大不同。个人以为，以不失礼仪，相对独特的民族服饰为好。当然，也要看场合和条件，在一些特殊的场合里，不必拘泥，但能表达爱我中华之真情，何以衣着避趋之。

诗月千年

诗月千年 凝结的是中华民族的情感

诗月千年 汇聚的是东方文明的灿烂

在童年的记忆里

中秋是很特别的一天

老人们都说

这天的月亮又大又圆

月亮里的故事还能编成诗的珠串

不小心掉下来，接住的就是诗仙

"明月出天山，苍茫云海间"

听说是李白无意的一揽

"露从今夜白，月是故乡明"

正好是杜甫在月下望天

其实，有传说才会有风景

否则青暝之上，"中天月色好谁看？"

我相信老人们的话

尽管他们说的过于浪漫

"哦诗不睡月满船

清寒入骨我欲仙"

诗行里如不载上明月的情感

又怎会有"月光如水水如天"

"今人不见古时月

今月曾经照古人"

这是多么富有想象的画面

诗月的多情，仿佛只属于中秋的夜晚

"昔年八月十五夜，曲江池畔杏园边

今年八月十五夜，湓浦沙头水馆前"

都说月色浓了可以酿酒

可这样的酝造会出现怎样的奇观

"明月几时有，把酒问青天"

苏东坡月下的轻轻勾兑

已经千古皆醉

"风情犹拍古人肩"

当然，诗月的故事也有缺憾

古老的乡音里，曾有过悲歌流传

一曲"长相思，催心肝"

引出了多少"横波目，流泪泉"

乡关遥望，"浊酒一杯家万里"

栏杆拍遍，"明月何时照我还"

也许这样的诗月过于伤感，
皎洁的倾诉，有了太多的嗟叹
"人生得意须尽欢，莫使金樽空对月"
月光下如果只能有这样的清欢
何不如"倚剑长歌一杯酒"
啸出胸中的剑气，把"万古纲常担上肩"

不错，诗行中有过战马的嘶鸣
月光下，也听到过宝剑的振颤
"三十功名尘与土，八千里路云和月"
猎猎旌旗，漫卷过"秦时明月汉时关"
"想当年，金戈铁马，气吞万里如虎"
刚健的吟唱，曾让山河仰望、日月肃然

"西风烈，长空雁叫霜晨月"

这又是一次不见古人的诗月交谈

毛泽东乡音浓重的一吐

牵动寰宇，"敢叫日月换新天"

"独有豪情，天际悬明月，风雷磅礴"

古老的月色，终于绽放出新时代的光焰

诗月千年，凝结的是中华民族的情感

诗月千年，汇聚的是东方文明的灿烂

如果你认同自己是炎黄血脉的一员

今夜，就把所有的思念都交给明月吧

让她以万道华光，映尧舜，辉汉唐

直入豪肠肝胆，朗照龙族江山

● 诵读形式:

单人诵读,二人诵读,四人诵读皆可。

● 作者阐释:

中秋节还有一个名字,叫诗歌节。因为记录团圆的文体,诗歌是最多的,所以,它很自然地成为了这个节日的主角。本来,我也想写一首独特的中秋诗歌。可是一动笔李白就来了,要不就是苏东坡来了,当然说的是他们的诗文。最要命的是,我想到的那些佳句,前人都写过了,哪里还有创作的余地。那好吧,就把它们都串起来入我诗行吧!于是,就有了这首《诗月千年》。

之前,有人问过我,你的笔名不是叫东方人吗?这个云心也是吗?对,云心也是。叫这个笔名,是为了在意向上能和那轮明月靠得更近一些。就像小时候总是幻想着能到银河上去看看,但知道必须和织女相爱才可以,于是,就把牛郎的故事背得烂熟,还准备好了扁担和筐子。当然,那只是一个童年的梦境。

有一点要说明,《诗月千年》的原稿,比已经发表的多了几行,因为当时考虑到节目时长,我忍痛截去了几段,这次结集成书,正好补上,算是圆满的一篇《诗月千年》。

● 诗歌首诵:

李慧敏　任志宏

● 朗诵箴言:

汉语的美体现于它拥有的四声——阴、阳、上、去;朗诵者的四声到位,不仅仅蕴含着高低起伏的音乐美,还使调值清楚,内容表达准确。

● 背景视频:

这首诗的画面题材丰富,建议画面视频应对《诗月千年》的人文情感多加关照,比如诗文里的亲人之爱,情人之爱,自然之爱,乃至国家之爱。可以见人见事,也可寓人寓事,才更有视觉冲击力。

● **音乐策划：**

　　这首诗文可以用江南丝竹乐为主，旋律淡雅，祥和，伴有浓浓的乡音和柔情。因为段落较多，还是要注意情绪氛围的变化，要能拉开段落层次。

● **服饰设计：**

　　建议服装以民族服饰为主，但也不排斥其他的服装款式，要注意地域环境和文化氛围。

皓月中秋吟

千江水映千江月明

万里天传万里倾诉

一轮初吐

涌大江，辉今古

九天直泻，华光万里

尽染苍穹星幕

听华夏今夜

乡音歌赋

盛唐那花间一壶

又醉了李白杜甫

天涯此时

谁在祝福

一夜乡心，十方凝望

多少龙族脚步

人伦大爱

天地也难隔阻

碧空云海

挡不住中华情愫

银光挥洒

灼热了乡思温度

山川朗照

神州皆是团圆路

有亲情引领

归心也会提速

月是故乡明啊

这不只是诗圣的感悟

邀月同行

直下看尧天舜土

千江水映千江月明

万里天传万里倾诉

皓月吞吐

负载了一个多情的民族

血脉在，亲情就在

婵娟可证，万古如初

● 诵读形式:

独诵,对诵,群诵皆可。

● 作者阐释:

古往今来,好的中秋诗文真是太多了,仅是唐宋留下的那一片诗海,就能淹死后世所有自负的人。不服你就写写看,随便你怎么拼命,写好的东西拿来让人一读,就会读成"窗前明月光","明月几时有"。一般的中秋诗文扔在那片诗海里,基本上都是尸骨无存。所以,述而不作,是后来诗人们过中秋的最好方式。本来,我也是这么想的,但问题是我有个《中华长歌行》节目,片头正好有一首现代诗,还必须要与节目内容相契合。哪里有这样的正好呢?没有是吧?那就得去创作。直到这时我才知道,才气有时根本不重要,勇气才是第一位的。

诗文写出来了,有几句还算满意,"一夜乡心,十方凝望",取白居易"一夜乡心五处同"的寓意,用"十方"代"五处",应该不算傍人篱壁,因为中华血脉如今已经遍满世界,无处不在,"十方"当然更有维度。诗文发表后,有观众说很喜欢,诵读的人也很多,我才敢呼出一口气,忽然有了一种"面朝大海,春暖花开"的惬意。

● 诗歌首诵:

徐涛

● 朗诵箴言:

艺术源于生活、高于生活,又还原于生活,因此,好的艺术表演都是不落设计痕迹的生活再现。

● 背景视频:

这首诗文的背景画面,应是文字与物象的对比,展开一幅诗与月的千年画轴,穿越古今,突出圆满。在篇幅比列上,现代的物象内容宜多表现一些。因为,现代中国是一个家国团圆的盛世,诗文是浓情的,画面当然也该是浓情的,要的是亲情可感,物象可证。

● 音乐策划：

　　这首诗文的音乐氛围比较难把握，因为诗文的韵律较强，还要把情怀展示出来，设计不好会失之偏颇。建议多听听《皓月中秋吟》这首诗的原版音乐。因为这段音乐，是由作曲家专门为诗文谱写的，情绪呈现比较准确。

● 服饰设计：

　　这首诗的服装应该以民族服饰为主，因为中秋节毕竟是中国的传统节日，服装承载的内容也中华文化的一部分。但也不是说，必须传统到食古不化，一成不变。现在很多传统服饰也都在进行改良和创新，利用好这些外在的服饰功能，对诗文的诵读非常有帮助。

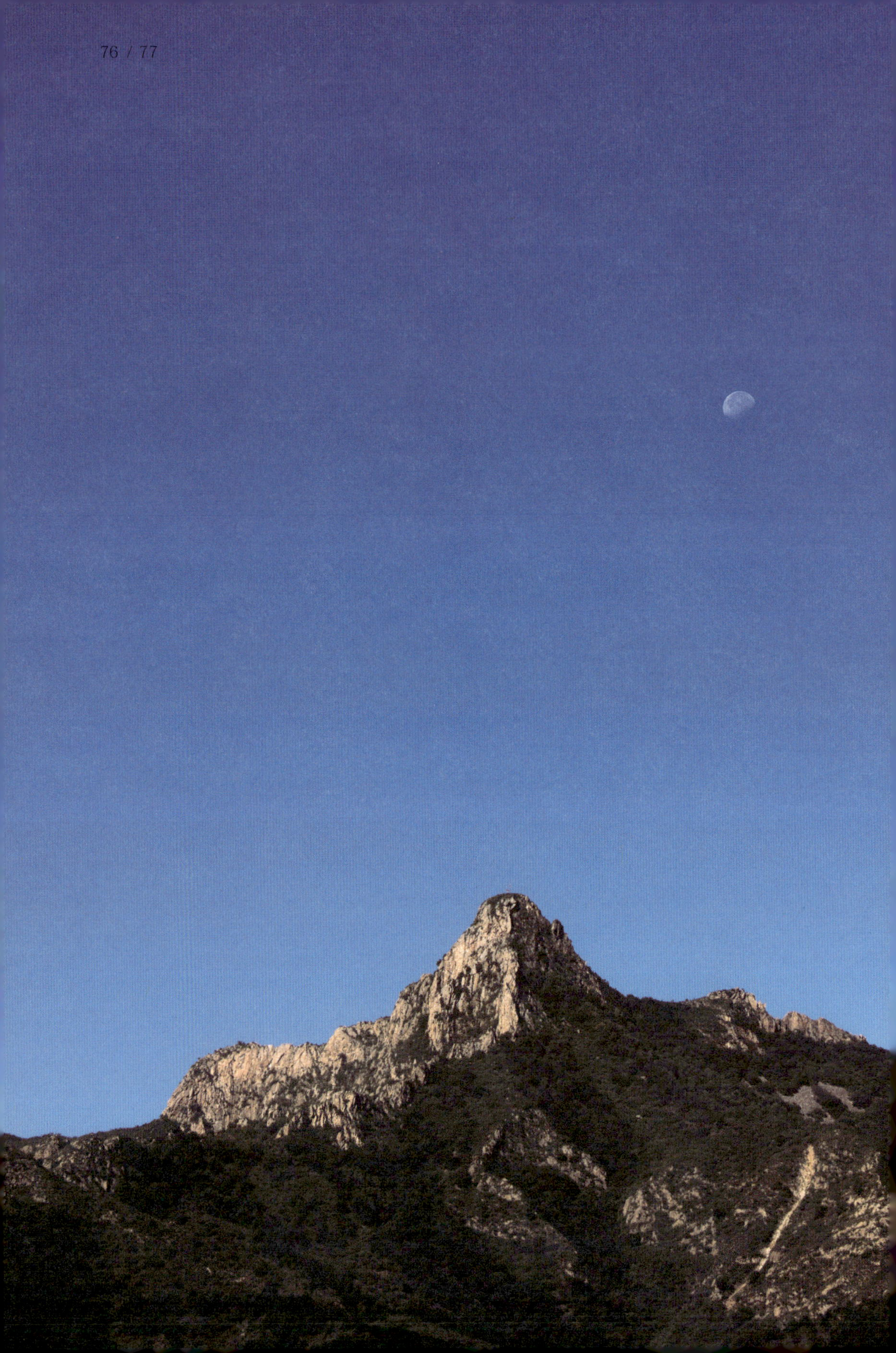

又是中秋

才使得万里江山光明如昼

我知道 是您冲开了旧世界的沉沉暗夜

又是中秋

又是一次团圆的时候

当我们举起酒杯

问候了父母家人，敬遍了亲朋好友

心底里一定还会有这样的默念

"感谢你

英勇的红军先烈们

在欢庆新中国华诞的时候

我以一杯水酒

向你，也向你们的亲人，致以诚挚的问候

我知道，是你们在雪山草地上的艰难奔走

才有了今天这样幸福安逸的生活

我明白，是你们在残垣断壁间的艰苦奋战

才有了今天这团圆美满的中秋

在长征途中

也许你们不会记住这个节日

即便记住了，也会说

将来孩子们能过得好就行了

为了新中国，在需要抉择的时候

你们毅然选择了九死一生的路口

（接合唱：长征组歌之《雪皑皑》）

又是中秋

又是一次团圆的时候

当我们举起酒杯

问候了父母家人，敬遍了亲朋好友

心里一定还有这样的默念

"感谢你

无畏的八路军将士们

在欢庆新中国华诞的时候

我以一束鲜花

向你，也向你们的亲人致以诚挚的问候

我知道，是你们坚如磐石的信念

才抵御住了武装到牙齿的敌人

我明白，是你们太行山般的身躯

才支撑起民族大厦的结构

在太行浴血的日子里

你们可能没有人会记住这个节日

即便记住了，也会说

将来孩子们能团圆就行了

为了中华民族的解放

你们挥起大刀，向侵略者发出了怒吼

（接合唱：《大刀向鬼子们的头上砍去》）

又是中秋

又是一次团圆的时候

当我们举起酒杯

问候了父母家人，敬遍了亲朋好友

心底里一定还会有一次这样的默念

"感谢您

伟大的中国共产党

在欢庆新中国华诞的时候

我以崇高的敬意

向您致以诚挚的问候

我知道，是您冲开了旧世界的沉沉暗夜

才使得万里江山光明如昼

我明白，是您栽种下的社会主义大树

才使得后来人有了浓荫的享受

如今，您的孩子们已经长大了

他们知道了感恩和报恩

他们懂得了生命该在哪里守候

所以，在这个天下同聚的日子里

我们把所有的祝福都献给您

请您听一听吧

听听孩子们发自心底里的问候

（接合唱：《没有共产党，就没有新中国》）

● 诵读形式：

一人，三人，群诵。

● 作者阐释：

以一首诗歌作为歌曲引言，在电视节目中很常见，就算是串联词也并无不可。但是这首《又是中秋》是为三首歌来作引言，则需要认真考量了。这三首歌分别是《长征组歌—雪皑皑》《大刀向鬼子们的头上砍去》《没有共产党就没有新中国》。因为那一年的中秋和国庆很近，诗文虽以中秋为题，但国庆也须囊括其中。所以，这首诗文就成为了我们对先人的一次双重致敬。

● 诗歌首诵：

张光北　温玉娟　王新军

● 朗诵箴言：

读书法，有三到，心眼口，信皆要。心到，眼到，口到，坚定的信心同样必要。朗诵亦然。真心读，真心看，真心诵，态度明确而坚定。

● 背景视频：

因为三段诗文的内容指向非常明确，背景画面的设计，离不开今昔生活的对比。建议多选用静态的摄影图片，用精彩的瞬间来创造视觉冲击效果，用瞬间记忆定格，以岁月情感写意。

● 音乐策划：

这三段的音乐氛围很明确，都要与后面的歌曲紧密相连，每段的音乐倾诉，用歌曲的主体旋律即可，当然，也可另辟蹊径，不必过早地暴露节目的推进意图，适时引出歌曲亦可。

● 服饰设计：

建议以民族传统服饰为主，也可以创新服饰内容。要把握好节日氛围，注重服饰感染力。

血脉里的诗行

海上生明月　天涯共此时

情人怨遥夜　竟夕起相思

扫描二维码
观看诵读指导视频

每到中秋,中国人都会有一次凝望

那凝望,有时在水里,有时在天上

每到中秋,中国人都会静静的遐想

那遐想,有时是泪水,有时是诗章

更多的时候,中秋是一次团聚

团聚在乡音的倾吐,团聚在久别的故乡

是的,不管是耄耋老人,还是懵懂儿郎

不管是初识人世,还是饱经风霜

当中秋来临的时候,只要你是中国人

就会脱口说出这样的诗行

床前明月光,疑是地上霜

举头望明月,低头思故乡

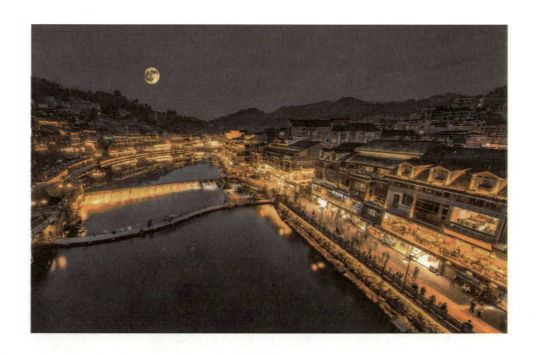

说起来，这已经不仅仅是诗行

这是华夏血脉的接续流淌

这里有故乡之爱，这里有祖国之情

也有先辈对儿孙的提醒

特别在这个中秋的夜晚

不管你是在国外客居，还是在异乡旅行

仰望明月，总有一个声音会洞穿时空

带着杜甫和李白的思念，反复叮咛

露从今夜白，月是故乡明

露从今夜白，月是故乡明

朋友,中秋是中国人血脉里的诗

她上下流动,已穿越了千年的历史

她是文化之根,滋养着华夏文明的果实

每一个传统节日的来临

都是让我们,对根进行一次追思

是啊,你在诵《关山月》的时候,我也在吟《静夜思》

你看,那回家的人海,仿佛就是流动的诗词

那份团圆的渴望,让每一个华夏儿女,都如醉如痴

海上生明月,天涯共此时,情人怨遥夜,竟夕起相思

举杯吧，有什么酒，能比家乡的更烈更甜

团圆吧，有什么情，能比家乡的更深切缠绵

还是青砖汉瓦，还是画栋雕栏中华的美已更胜从前

如果你一时忘记了团圆的地址，没关系

你可以问道长城，也可以快马长安

朋友，这块土地有太多太多的理由让我们眷恋

而中秋就是祖先很早以前，预留下的团圆驿站

如果你是中华民族的一员，此刻，请举起酒杯

在炎黄、尧舜、古圣先贤的土地上

向天地发出我们的祝愿：中华昌盛，家国团圆

但愿人长久，千里共婵娟

但愿人长久，千里共婵娟

● **诵读形式：**

独诵，二人诵，四人诵，伴诵。

● **作者阐释：**

黄山谷有言："人胸中久不用古今浇灌，则俗尘生其间，照镜觉面目可憎，对人亦语言无味也。"不错，一个人在俗尘久了，很容易漫漶古今。所以，必须常用经典浇灌一下，才能养心弘道。但是书读得越多，对传统文化就越会有敬畏之心，就越难下笔写成些什么。特别是中秋诗文，情感激荡是一回事，写出诗文来是另一回事。有时即便憋得面目狰狞狰狞，也未必能憋出几句耐读的诗句来。所以现在写诗，已不敢奢求有什么文采，有温度就很可贵。

这首《血脉里的诗行》，就是想说上几句大实话，在中秋时节呼唤一下海内外的龙族儿女，莫忘了自己的祖国，莫忘了自己的祖先，莫忘了回家的路途。文采不敢说，温度肯定会有些。要说明的是，这首诗我用了一个新笔名——赵然，赵然者——东方人是也。

● **诗歌首诵：**

管彤 姚雪松 小鹿姐姐 于胜春

● **朗诵箴言：**

朗诵的形式除了独诵，还有双人诵、合诵、齐诵等，我们姑且统称后者为多人诵。相对于自由驰骋的独诵而言，多人诵就增加了难度。因此，要特别处理好以下几点：交流适应、承上启下、彼此倾听、想象具体、意境统一；特别强调所有参诵者要做到熟诵全篇作品，决不能只记得属于自己的词，要融为一体，诵如一人，仿佛是一粒粒串起来的珠子在滑动，气韵流畅。

● **背景视频：**

文化是一个民族的灵魂和血脉，是凝聚这个民族对世界和生命的历史认识及现实感受，是这个民族最深层的精神追求和行为准则。明白了这段话的含义，就明白了《血脉里的诗行》的背景应该展现什么了。广义上讲是四个字——中华文化。狭义地讲，就两个字——团圆。凡符合这两个字的画面，都可为中秋背景。

● 音乐策划：

　　因为诗中有诗，用了几段古今诗文作为情感连线，所以，在音乐情绪的把握上，会有一些刻意和不同。准确地说，这是四段情感的讲述。因此，把这四段情感的不同点表现出来，就分出了层次关系。

● 服饰设计：

　　男女领诵的服装要相对独特一些，以民族服饰为主。伴诵者，如果追求现场艺术效果的话，可穿着不同样式的少数民族服饰。一是突出现场色彩，二是展示中华大家庭的多元化。当然，也要看场合和条件，量力而行。在一些特殊的场合里，也不必拘泥。

中华明月颂

轩辕厚土 中秋时节 又逢团圆佳境

万里朗照 乡音遍洒 皆为骨肉浓情

紫气飞升

玉盘如镜

银芒尽染碧海星

问文人骚客

仙乡游子

可有华章送迎

轩辕厚土

中秋时节

又逢团圆佳境

万里朗照

乡音遍洒

皆为骨肉浓情

曾几何时

山河破碎

多少孤鸿远影

看如今，家国共聚

天地同圆

一派月朗风清

皓月在天

长歌在耳

当入丹青画屏

一幅，和谐社会

再写，中华复兴

● 诵读形式:

二名诵者即可。

● 作者阐释:

几番中秋下来,同样是开篇诗文,勇气和热情虽在,笔力已嫌不足。好在有一位长者殷殷鼓励,便使劲又努出一首。"少年不识月,呼作白玉盘",你不用怀疑,这句肯定不是我写的,是李白写的。不过它是个引子,引发了我诗文的开头:"紫气飞升,玉盘如镜,银芒尽染碧海星。"

我在想,李白和我到底是哪里不同呢?思考了很久明白了,李白总是把天大的事儿都说得跟顺口溜似的,而我总想把顺口溜给弄成个天大的事儿。李白的那些顺口溜我是记住了,而我那天大的事儿都记住了些什么?认真地回答一下:记住了曾经的美好和团圆。

● 诗歌首诵:

徐涛

● 朗诵箴言:

朗诵技巧不是独立存在和单一使用的,每一句诗文的表达都是一次技巧的综合运用。只知道运用某一种表达形式,肯定还停留在艺术创作的初级阶段。

● 背景视频:

这首诗文的背景画面是很有诗意的,它应该在书画和现实中穿行,有些画就是生活实景,有些生活实景就是书画。画面的虚与实,今与昔的对比比较浓烈。这些画面也是中华民族走向团圆的珍贵纪录。

● 音乐策划:

建议选择一些民族器乐为写意背景,尽量突出诵读语言的艺术魅力,也可考虑舍弃音乐。

● 服饰设计:

中式服装为佳,也可考虑其他服装,但是要有喜庆色彩。

中华是一家

五千年的岁月 虽有阴晴圆缺

可我们的名字 一直都叫 中华

我问山岳

你相信吗，中华是一家

山岳无言，只是举起港奥回归的国旗

好像在说，这上面就有过一家人的泪花

我问江河

你相信吗，中华是一家

江河不语，只是拍打着抗洪的堤坝

似乎在想，一家人的意志，为何如此强大

我问北京

你相信吗，中华是一家

北京笑了，燃起了漫天的夏日礼花

仿佛回答，这是一家人创造的奥运神话

我问四川

你相信吗，中华是一家

天府哽咽，推出了一轮中秋月

仿佛在说，这月光会给你圆满的解答

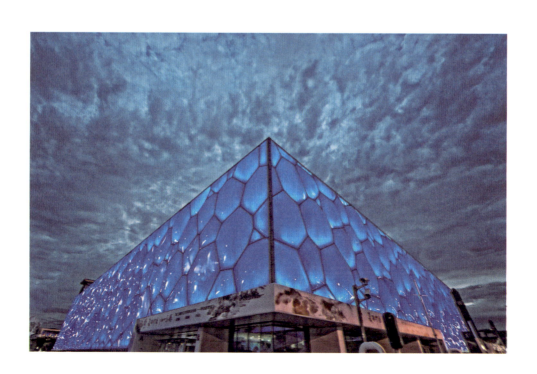

看吧，月光之下

这一家人在废墟上，又建起了宽阔的街道，耸立的商厦

听啊，月光之下

这一家人让昨天的寂静，又有了团圆的乡音，节日的喧哗

如果说，中华不是一家

谁会大爱无疆，非要赶到这里帮衬上一把

如果说中华不是一家

谁会捐出了巨款，还不肯真实把姓名留下

汶川街头，是谁救人时不离不弃

援建工地，是谁付出后不求报答

不是一家的同胞姐妹，谁能这般关心

不是一家的父母兄弟，谁会这样牵挂

中华就是一家

这根本不需要谁来解答，

五千年的岁月，虽有阴晴圆缺

可我们的名字，一直都叫——中华

今天，我们应该向家人问候了

就让这问候，伴着月光洒满天下

祝福你们，中华各民族的兄弟姐妹

日月若在，我们永远都是一家！

● **诵读形式：**

独诵，二人诵。

● **作者阐释：**

2008年5月12日，四川省汶川县发生7七点八级级地震，造成了一场大灾难。震后的第三年，我去了汶川，不是去进行一次哀悼，而是去纪录一次重生。因为那一年，各地援建汶川的新房都完工了，汶川人将在家里迎来第一个中秋节。我们有幸成为了汶川人乔迁新居的见证者，也找到了节日里最温暖的团圆景色。

当时大家的纪录的方式有很多种，我的纪录方式，就是这首《中华是一家》。

● **诗歌首诵：**

李慧敏 杨立新

● **朗诵箴言：**

想象是灵魂的眼睛，想象力是朗诵的技术手段，丰沛的想象力能为艺术创作插上飞翔的翅膀。

● **背景视频：**

主要场景是以山河、家园、北京、四川为主，体现大爱创造出的奇丽风景，展示中华一家人的彼此的问候。当然，要有汶川建设的经典画面和回顾展示。

● **音乐策划：**

大爱的内容，要有大爱的旋律，第一段音乐旋律，应该是隆重的礼赞——对港澳回归，对抗洪救灾，对北京奥运，对汶川重建；第二段音乐表现的是重建团圆——是一种温馨的旋律讲述；第三段音乐是对中华一家人的问候——真挚由衷的感恩旋律，类似《让世界充满爱》的音乐表述。

● **服饰设计：**

服装要相对独特一些，当然，这也要看场合和条件。所谓"法无定法"，运用之妙，存乎一心，服饰永远是服务于人的，不必总为服装所累。有时候，诵读者自身的艺术张力，是能化腐朽为神奇的。缺少了这个艺术张力，身外的一切神奇，都只是腐朽的一部分。

为了团圆

用我们的行动 去实现辉煌的中国梦

用我们的强健 写一份圆满的复兴答案

团圆，说起来很简单

不过是两个单字的会面

团圆，走过去很遥远

那距离，又何止万水千山

千年之前，先辈就在祈盼

可团圆只能是诗人们的梦幻

近百年来，先烈们又在追寻

团圆，也只能在痛苦中哀叹

今天，我们终于团圆了

为了这个简单的约定

古老的中华民族，经历了太多的磨难

所以，这团圆需要加倍地呵护啊

不小心失去，那将是巨大的缺憾

团圆的到来

是先辈们血汗的浇灌

团圆的乐章

积蓄的是民族的情感

团圆的景色

每个人都必须悉心照看

团圆的守卫

更需要中华强盛、万众同担

好了，不说任重道远

也不怕填海担山

既然我们选择了家国平安

祝福的礼花就该燃放的格外灿烂

炎黄的儿女们，出发吧

用我们的行动，去实现辉煌的中国梦

龙族的子孙啊，前进吧

用我们的强健，写一份圆满的复兴答案

● **诵读形式：**

独诵，二人诵，群诵皆可。

● **作者阐释：**

团圆时节，万家灯火中，总会有一个家，等待你归去，哪怕只是片刻停顿，你和家，这两个亲情点也算是重叠了一下。然后，一转身又是万水千山。

早些年，我曾为主持人大赛写过一首歌，开头是：有一天，我走出家乡，才发觉外面的路曲折漫长，有一天，我梦见星光，才知道梦和现实都充满希望……走出家乡，是为了生存；梦见星光，是等待着一次团圆。

从古今中外各种文学作品的结局来看，团圆是不容易实现的，尽管中国的悲剧作品大多数是以团圆作为结束，但那只是作者的美好愿望。有人说，只要有足够的物质条件，团圆是可以保障的。真的吗？远的不说，犹太人二战前积累的物质财富不算少了，后来怎样了大家都知道。所以说，团圆这两个字，除了物质条件，还需要有很多前提，这也是我写这首诗的原因。

● **诗歌首诵：**

温玉娟 刘劲

● **朗诵箴言：**

朗诵者，不要忽视向姊妹艺术学习，因为它们会为你的语言增添无穷的魅力，比如音乐、戏曲、歌唱、舞蹈等。它是一种润物细无声的积累，它散发在你的音声里，融化在举手投足间，它是修养。

● **背景视频：**

这首诗的背景氛围就是以团圆为主体，不过画面里的团圆并不是把一家人聚齐了那么简单。团圆的含义是多重的，物质精神的都有。比如港澳回归是团圆，颐和园兽首回归也是团圆；从国外回来是团圆，从太空回归来也是团圆；认祖归宗是团圆，《富春山居图》合展也是团圆。所以，物象的选择应该有更多的文化寓意，应避免简单的图解说明。

● **音乐策划：**

　　这首诗的配乐还是要根据诗文的内容来落实，基本上也是三个段落：追忆——珍惜——创造。不宜把音乐段落分得太细碎，造成情绪或技术上的断续无章，追求大感觉即可。

● **服饰设计：**

　　这首诗是针对"团圆"而作的，它可以是任何一个能够解读团圆的节日，并没有非常明确的节日指向性。所以，服装的样式应根据节日来定。从传统节日来看，团圆的节日多为喜庆的日子，只要符合这个大前提，剩下的就是现场艺术效果的把握了，当然是越与众不同越好。

红旗礼赞

屹立东方　你引领着一个民族走出苦难

舞动盛世　你用奇迹讲述着震撼

一点、一面
你秀丽了这份容颜
几缕、漫天
你编织出霞光无限

轻轻柔柔
你雨露般滋润心田
轰轰烈烈,
你肩膀上担起江山

穿越时空
你释放出恒久的浪漫
创造历史
你书写下辉煌的诗篇

屹立东方
你引领着一个民族走出苦难
舞动盛世
你用奇迹讲述着震撼

我要对你说
与你相伴,我无悔无憾
今天,明天
一生,永远

● **诵读形式:**

独诵。

● **作者阐释:**

当国旗升起的时候,总觉得有一股力量在身上挤压、汇聚,不管当时你在干什么,多么匆忙,都会不由自主地停下来,屏住呼吸,感受,或者说是享受那悸动的一刻。

平时,这种感受被淹没在琐事里,不易察觉,但是,一旦这面红旗升起来时,那血脉里的情感就会迅速升温,呈现为眼中或肢体上的礼敬!

果戈理说,为了国家的利益,使自己的一生变为有用的一生,纵然只能效绵薄之力,我也会热血沸腾。果先生说的对,就是因为这么一沸腾,我才写出了这首《红旗礼赞》。试着诵读了两遍,觉得眼中有些模糊。

● **诗歌首诵:**

李慧敏

● **朗诵箴言:**

有人评价某些朗诵者的表现方式"自恋",我们暂且不去可否这一说法,但由此引发的思考却是至关重要的。朗诵创作中,朗诵者要爱心中的艺术,不要爱心中的自己。

● **背景视频:**

这首诗的背景无疑是红旗,只是这些红旗是各个历史时段中出现的红旗。当然,也一定是中国人值得记忆的时刻。现场的主色调是红色的,因为红色会带给人视觉上一种迫近感和扩张感,容易引发兴奋、激动、紧张的情绪。

● **音乐策划:**

隽永,温暖,柔和,就像那绸缎的流动一样,这段诗文的音乐旋律,就该像温暖的阳光,揉搓着万物人心,这才是音乐的重点。

● 服饰设计：

大气，主流，还要"与众不同"。偏巧看到了一个"与众不同"的英文解释，甚合我意，特摘录如下：

1、unique是独一无二的

2、distinguished是卓著的

3、unorthodox或unconventional是不符合常规的

4、eccentric是特立独行的

5、exceptional是杰出的，特别的

大爱如山

大爱是对民族的报效 大爱如山

愿这山岳连绵不断 愿这大爱高耸云天

大爱是什么？我思索了好多年

在虎门销烟里我找到了答案

那份爱能扫除内忧外患

那份爱能救民众于水火倒悬

苟利国家生死以，岂因祸福避趋之

这是林则徐的大爱誓言

于是，1839 年夏天成了列强的灾难

漫天的大火映出了民族的尊严

大爱是什么？我探究了好多年

在甲午海战中我找到了答案

那份爱能抵御住铁甲利舰

那份爱能激荡起英雄肝胆

我立志杀敌报国，今死于海，义也，何求生为

这是邓世昌的大爱誓言

于是，大海里有了无畏的"致远"

轩辕墙刻下了忠诚的典范

大爱是什么？我自问了好多年

在中山陵的墓碑上我找到了答案

那份爱能诠释"天下为公"

那份爱能把颠倒的乾坤扭转

"和平、奋斗、救中国……"

这是孙中山的大爱誓言

于是，一个民族走向了希望

千年皇权彻底崩坍

大爱是什么？我期盼了好多年

在"一大会议"的红船上我找到了答案

那份爱能冲破一切黑暗

那份爱能开启新世界的航船

"让中国的劳苦大众都得到翻身解放"

这是共产党人的大爱誓言

于是，大地上真正的曙光喷薄而出

华夏的历史发生了巨变

大爱是什么？我追寻了好多年

在白山黑水间我找到了答案

那份爱能挑战生命的极限

那份爱能够使得懦立顽廉

"我是中国人哪，如果我们中国人都投降了，咱们中国就完了"

这是杨靖宇的大爱誓言

于是，一个将军倒在了沙场

一个民族扬起了利剑

大爱是什么？我默念了好多年

在巍巍太行山我找到了答案

那份爱能让历史为之赞叹

那份爱能扛得起华夏江山

"敌人从哪里进攻，我们就让他在哪里灭亡"

这是八路军将士的大爱誓言

于是，大地上站起一群热血硬汉

前赴后继、力挽狂澜

大爱是什么？我记录了好多年

在开国大典里我找到了答案

那份爱能结束一个民族的屈辱苦难

那份爱能让一个国家重塑尊严

"中国人民从此站立起来了！"

这是毛泽东的大爱誓言

于是，世界民族之林添上了一个方正的名字

庄严的国歌声震撼人寰

大爱是什么

我已经找到了答案

大爱是对祖国的忠诚，大爱如山

大爱是什么？

我已经得出了判断

大爱是对民族的报效，大爱如山

愿这山岳连绵不断

愿这大爱高耸云天

● **诵读形式:**

独诵,二人诵,伴诵,群诵。

● **作者阐释:**

老有人说,中国人单个来说是一条龙,按群体来说就是一堆虫。我不相信啊,赶紧去查书,从1840年查下来还真有点泄气,因为这个说法基本上是成立的。从满清四亿多人口被只有一万八千多人的八国联军打败这件事来看,真的够虫了。

后来怎么又成了龙呢?很简单,一个抗美援朝,几乎是拿着冷兵器的中国人民志愿军,把有着现代化武器装备的十六国联合国军给打败了,才恢复了中国人应有的尊严。

有个真实的故事,一个国民党的将军,因为不想去追随蒋介石,在1949年退出国民党部队去了南非。刚去的几年,因为南非的种族隔离制度,他坐公交车时只能和黑人坐在后面(当时中国人和黑人的社会地位一样),白人才能坐在前面。有一天他又去坐车,刚想往后面走,司机叫住了他,让他坐在前面。他不明白为什么,司机告诉他说,朝鲜战争结束了,中国人让美国人在停战协议上签了字,所以,他现在可以坐在前面了。他听后仰天长叹,这一刻,他明白了什么是民族尊严。

这中间出了什么问题,虫和龙的变化是靠什么来决定的?答案是——大爱,对国家、对人民的大爱。过去那些皇帝也都喊着爱江山,爱社稷,爱百姓。其实,那江山还真是他们家的,但他们还真的爱不起来。只有像林则徐,邓世昌,孙中山,杨靖宇,毛泽东这样的伟人,才会拥有这样的大爱,肩担家国。

说到杨靖宇,看到他的抗战事迹就会瞬间泪奔。不敢想象,一个人在接近零下四十度的严寒里是怎么战斗的,没有吃,没有穿,还要面对日本人的围剿,叛徒的追杀。有人曾劝说样杨靖宇将军去投降,杨将军的回答是那么淡定:"我是中国人啊,如果我们中国人都投降了,中国就完了。"说这些话的时候,他已经很多天没有吃东西了。如果他肯投降,他肯定会比那些叛变的小人物们过得更好,但是他没有,不可能,绝不会。吃到肚子里的是棉絮,披在身上的是冰雪,也要血荐轩辕,抗战到底。

裴多菲说得好:纵使世界给我珍宝和荣誉,我也不愿离开我的祖国。因为纵使我的祖国在耻辱之中,我还是喜欢、热爱、祝福我的祖国!说句心里话,在这些须仰视才见的中国脊梁面前,只有双膝跪地,才能为他们写点什么。

● **诗歌首诵:**

任志宏　海霞

● **朗诵箴言：**

有人评价某些朗诵者的表现方式"自恋"，我们暂且不去可否这一说法，但由此引发的思考却是至关重要的。朗诵创作中，朗诵者要爱心中的艺术，不要爱心中的自己。

● **背景视频：**

这首诗文的背景画面是需要对位完成的，因为每一段画面都纪录着一段历史时刻，诗文里说到的每个人都是中华民族的脊梁。所以，这里应该展示的，是一组忠诚的典范，是一群报国的楷模。

● **音乐策划：**

敬仰，缅怀是音乐的主旋律，最后必定是雄浑之气，与天地共鸣。

● **服饰设计：**

正装，庄严雅致。

中华颂

我的华夏 你是炎黄子孙心底里 永远的牵挂

一声召唤 龙族血脉 都会排列在你的旗帜下

扫描二维码
观看诵读指导视频

男: 有人问, 哪里是你的家?

我回答, 向东方走, 有个美丽的地方叫中华;

女: 那是一方灵秀的土地,

盘古开天, 留下了久远的神话。

众: 黄河水在那里孕育了黄皮肤的儿女,

众: 时代巨人缔造出社会主义国家。

男: 四大文明, 有我中华;

女: 四大发明, 始于华夏。

男: 星瀚灿烂, 筑起了多少璀璨的灯塔,

女: 紫气东来, 点染出江山如画。

男：翘首强汉，你能听到金戈铁马，

  回眸盛唐，你会看到威仪天下。

女：可强汉盛唐只能是先辈的潇洒，

  青春中国，才是真正的风流年华。

男：是啊，改革开放，一次大手笔的抒发，

  宏大的谜面要用宏大的篇幅才能解答。

女：《春天的故事》，唱响了一个辉煌的时代，

  港澳门回归，把屈辱的历史洗刷。

男：百年奥运，是中国精神的升华，

女：嘹亮的国歌，仿佛还回响在北京的盛夏。

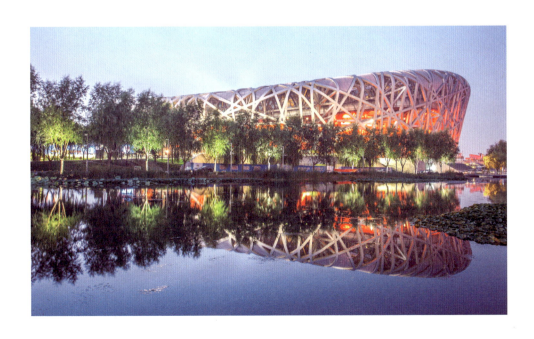

男：神舟飞天，又留下了一段佳话。

女：太空里的一面红旗，你映红了地球上万朵云霞。

男：也许，那之前，你还看到了一场大灾难，

　　但大难之中，你才会了解我的中华。

女：就在那一刻，全天下的龙族儿女成为了一家，

　　亿万人的牵手，创造了一个感天动地的神话。

男：这就是我的中华，五千年的史诗，随你妙笔生花，

女：这就是我的华夏，新时代的画卷，任你挥洒勾画。

男：其实，复兴的谜底不难解答，

女：中国梦，一定能让中华民族更加强大。

众：我的中华，你是世界民族之林的喜玛拉雅，

众：我的华夏，你是炎黄子孙心底里，永远的牵挂。

男：薪尽火传，不用问我们忠诚是什么？

女：一声召唤，龙族血脉，都会排列在你的旗帜下。

男：有人问，哪里是你的家？

　　我回答，向东方走，有个美丽的地方叫中华；

女：记住了，中华是我的家！

　　中华——是我们的家！

众：中华，是我的家！

众：中华，是我们的家！

众：中华——是我们的家！

● **诵读形式：**

独诵，二人诵，伴诵。

● **作者阐释：**

从反馈的信息来看，这首诗的使用率是最高的，十年了，还是诵者众多。我写这首诗是想告诉大家，中华民族在今天的地位，是历史上任何一个时期都无法达到的。作为一个中国人，我们没有理由不爱这个国家，没有理由不爱我们的文化。有人攻击我们说，中国人其实并不喜欢自己的国家，只是没有办法走出去，只要能出去，他们肯定会选择逃离这个国家。来看一个事实，这些年，中国每年有上亿人次到国外旅游，他们出去过了，但都回到了自己的祖国，这就是最好的回答。

现在有一种论调，就是全面否定中华文明，只要是中华文明，就是这也不好，那也不对。有一点我可以肯定，中华文明不是被捧得高了，而是被严重低估了。

人和土地是什么关系？就是最深的亲情关系。轻易就会舍弃故土的人，谁敢奢望你能留下些什么。一个对生养自己的土地都要谩骂的人，谁能相信你会有普度社会的德行。拿破仑有句名言：人类最高的道德是什么？那就是爱国心。

为什么要爱国？简单地说，因为我们生长在这片土地上，我们是在这里长大成人的，这块土地不需要你食毛践土，但是一定要有感恩之心，正如同我们感恩父母的养育一样，"花开四照，惟见其荣，鳌戴三山，深知其重"。

为什么我的眼里常含泪水，因为我对这土地爱得深沉！

中华，是我的家；中华，是我们的家！

● **诗歌首诵：**

李慧敏　徐涛

● **朗诵箴言：**

在朗诵者眼前，不应是一张张没有声息的字纸，而应是一幅幅清晰生动的画面；我们必须通过建立内心视像，用声音为观众描绘出你的所见，并把他们带入到你所感受的规定情境中。你看见了，观众才能看见。

● **背景视频：**

可选择中华民族具有表性的符号，如古往今来的著名建筑、工程及文化艺术作品等，来作为各个诵读段落的信息拓展和补充，进而扩大诵读作品的空间视域，增加诗文内涵的摄受力和情感推动力。画面与诗文的对位，要相对准确，不能小气、偏狭。画面时长要恰到好处，不能有拖沓之感。画面虽然是辅助手段，但也切忌平庸。

● **服饰设计：**

男女领诵的服装要相对独特一些，以民族服饰为主。伴诵者，如果追求现场艺术效果的话，可穿着不同样式的少数民族服饰。一是特出现场色彩，二是展示中华大家庭的多元化。当然，这也要看场合和条件，量力而行。在一些特殊的场合里，也不必拘泥，但能表达爱我中华的情感，衣着都在其次。

五星中国

塞北风江南雨　湮灭了多少历史过客

千不改万不变　你永远是我亲爱的祖国

甲：你在我儿时的记忆里，波澜壮阔

乙：你在我青春的岁月中，浩气如歌

甲：黄河水长江浪，送走了五千年悲欢离合

乙：抹不去忘不了，你依然是我伟大的祖国

甲：你用黄土，染成了我们的肤色

乙：你用泰山，筑起了我们的骨骼

甲：生在这里，就是我今生最大的收获

乙：与你相伴，我们从不迷惑

众：五星中国！   五星中国！

甲: 你在我心灵的天地间, 光芒闪烁

乙: 你在我跃动的脉搏里, 生机勃勃

甲: 塞北风江南雨, 湮灭了多少历史过客

乙: 千不改万不变, 你永远是我亲爱的祖国

甲: 你用幸福, 编织了美好的生活

乙: 你用繁盛, 创造了丰收的景色

甲: 长在这里, 就是我今生无悔的选择

乙: 与你同行, 我会用生命高歌

众: 五星中国!　　五星中国!

● 诵读形式：

一名男领诵，一名女领诵，二十人左右的伴诵，男女不等。

● 作者阐释：

以前看世界杯，老听人家说"五星巴西"，开始不太懂是什么意思，后来明白了，说的是巴西人的球艺可算是最高的星级——五星。但是在我看来，"五星巴西"远不如"五星中国"叫得更顺畅。我不是矫情，因为中国的国旗就是五颗星，说起来更贴切。当然，起评点不同，人家说的是球艺，我说的是中国在我心里的位置。

1999年澳门回归，中央电视台有一台澳门回归知识大赛让我写一首主题歌，不知道为什么，一想写这首歌，满脑子就飞五角星，飞到最后，就写成了这首《五星中国》。我可以肯定，我当时写的绝对是歌词，可是鬼使神差，它后来却成了《中华长歌行》里的一首诗。也就是从这个时候开始，我才弄懂了诗和词的区别：能诵的就是诗，能唱的就是词。

● 诗歌首诵：

徐涛　徐丽　杨立新　李慧敏　凯丽　等

● 朗诵箴言：

声音是语言艺术创作的重要手段，但发声的技巧常常会给朗诵者带来烦恼。气息是声音的源动力，当你还不能深入体会到各个共鸣腔的存在和使用，还不能娴熟的掌握诸多发声技巧，或许下面这个方法会对你有所帮助，且简单易行，那就记住：把声音交给气息。

● 背景视频：

在这首诗的背景里，五星红旗是可以不断重复的画面，但绝不能以此为限。今天的中国，从物质生活到精神生活，都在向上提升。因此，在视频画面里，把这种前所未有的民族自信、文化自信体现出来，就是最佳的背景氛围。所谓五星中国，是我们追求的境界。

● **音乐策划：**

　　这首诗可以考虑不用音乐，因为诗文自身，有铿锵的韵律，撑得起现场的气氛。

● **服饰设计：**

　　毫无疑问，诵读这首诗的服装也应该是五星级别的，不然撑不起《五星中国》这首诗，诗文的整体要求，不论是哪个方面，也都应该是五星级别的。

红旗啊
我对你情有独钟

我们的未来必将是一片光明

中华民族终将走向伟大的复兴

甲: 在众多的旗帜中

红旗啊,你最让我感动

每一次相逢

我都觉得高洁神圣

当你昂然升起时

天地都变得肃然庄重

这明艳的一抹红色啊

任何人看到都会由衷地赞颂

乙: 在众多的旗帜中

红旗啊,你最让我感动

半个世纪的风吹雨打

你愈发仪态从容

当你在高天飞舞时

世界都会注目礼敬

从你展开的那一刻起

就引领着我们高歌前行

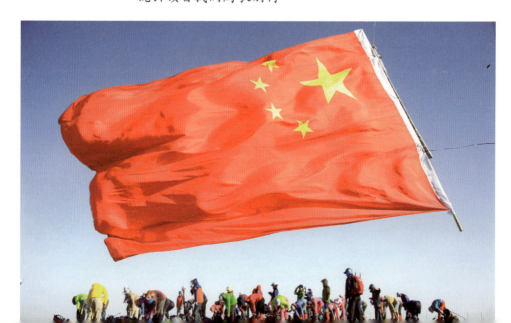

甲：驱逐暗夜

　　你用红色开启理想之梦

乙：前赴后继

　　你用红色播下燎原的火种

甲：开国大典

　　你伴着国歌声徐徐升腾

乙：保家卫国

　　你在燃烧的上甘岭岿然不动

甲：对中国人来说

　　红旗代表信仰，代表忠诚

乙：对中国人来说

　　红旗代表吉祥，代表欢庆

甲：有你引领

　　我们的未来必将是一片光明

乙：与你同行

　　中华民族终将走向伟大的复兴

甲: 就把这红旗印在我们的心里吧

　　让所有情感都融入红色的憧憬

乙: 就把这红旗植入我们的血脉吧

　　让每份忠诚都成为红色的见证

甲: 如果你要问

　　红旗和生命, 哪一个在你的心中最重

乙: 我想这样回答

甲乙: 如果生命能成为颜色, 我会把这红旗染得更红

甲: 在众多的旗帜中

　　红旗啊, 你最让我感动

乙: 在众多的旗帜中

甲乙: 红旗啊, 我对你, 情—有—独—钟

● **诵读形式：**

二人诵，伴诵，齐诵。

● **作者阐释：**

这是经历了太多次冲动才写出来的诗，所谓太多次冲动，是因为看了太多次的升旗，听了太多次国歌。记得在澳门回归知识大赛总决赛的现场，我在节目中策划了一次升旗仪式，是由曾经在香港回归仪式上升旗的解放军三军仪仗队的旗手们来完成的。这次升旗仿佛就是一次洗礼，后来，在天安门广场看到升旗，在奥运会上看到升旗，在神州飞船上看到升旗，我都会热血沸腾。写这首诗时，有些文字仿佛就是穿过了皮肤，自己打印到电脑上去的。

这次结集出版，我略有改动。虽然青春作伴的日子已过，但是在白日里放歌，对红旗，我还是情有独钟！

● **诗歌首诵：**

肖雄 何政军 吴京安 卢玮玮

● **朗诵箴言：**

话筒是朗诵者表演创作的延展工具，要重视它以科技的手段给声音以丰富的表现力，正确的使用会带来意想不到的效果，而决不能使之沦落为 大喊大叫的发泄对象。

● **背景视频：**

这首诗，红旗的画面是贯穿始终的内容。但是，要有情节和故事。因为诗文里就有故事。只不过有实有虚，背景的虚实的结合是为了提升意境和强化艺术效果，是对诗文情绪温度的把控。

● **音乐选择：**

如果来描述一下音乐的讲述方式，可以借鉴一下美国和平交响乐团对电影《上甘岭》主题曲的音乐解释。他们是把一条大河这段乐章，用不同的器乐单独演奏出来，在重复了六次之后，才重新汇聚成雄浑的交响。这样的音乐编排，非常震撼。这首诗的背景音乐，也可采用这样的方式，把国歌的主旋律一次次地奏响在背景空间，成为每一段的氛围的引子。最后成为雄浑的华彩乐章。

● 服饰设计：

　　诗文指向的是国家的各种庆典，所以，服装的样式没有什么特殊的限制，大气端庄即可。但是色彩一定要喜庆吉祥，这不是对诵读的要求，是对节日礼仪的要求。作为演出者，服装还是要更加艺术化，能体现个人的文化素养和审美情趣。

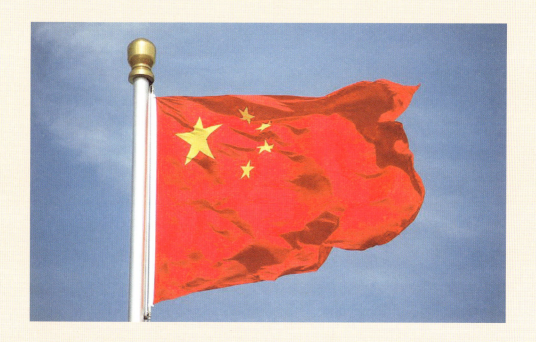

BJ54

你站起来了

像一条巨龙 在世界的东方从容吞吐

像一首赞歌 在华夏的大地纵情倾诉

甲：你站起来了，扔掉了支撑的拐杖

对高山呼喊：我们不是东亚病夫

乙：你站起来了，擦干身上的血迹

对江河呼喊：我们不是枪炮的奴仆

丙：你站起来了，掩埋好同伴的尸体

对华夏呼喊：我们是中华民族

丁：你站起来了，昂起了盘古的头颅

对天地呼喊：我们，不—会—屈—服

甲：你站起来了，撑开一面血染的旗帜

天空中从此有了鲜红的日出

乙：你站起来了，铸造出无数的镰刀巨斧

大地上从此踏响了工农的脚步

丙：你站起来了，声彻寰宇振臂高呼

全天下都有了龙族的回复

丁：你站起来了，用冲锋号向列强宣布

中华不可侮，犯中华者虽远必诛

甲：你站起来了，浩浩荡荡，海啸山呼

丹心热血挺起了尊严的脊柱

乙：你站起来了，顶天立地玉尺冰壶

马革裹尸书写下忠诚的厚度

丙：你站起来了，凯歌连着凯歌

那歌声连接起 1949 开国的音符

丁：你站起来了，奇迹接着奇迹

那奇迹创造出社会主义强国之路

甲：为了这一刻，多少鲜活的生命

倒在了他们奋斗的征途

乙：为了这一刻，多少优秀的儿女

没能看到期盼的日出

丙：为了这一刻，一个文明的国度

走过了近百年的屈辱坎坷路

丁：为了这一刻，年迈的母亲啊

曾为这个民族失声痛哭

甲：你站起来了

众：像一条巨龙，在世界的东方从容吞吐

乙：你站起来了

众：像一首赞歌，在华夏的大地纵情倾诉

丙：你站起来了

众：用改革开放，昭示着一个自强自信的民族

丁：你站起来了

众：用时代巨笔，描绘出中华盛世的宏大蓝图

甲：你站起来了

乙：站起来了

丙：站起来了

丁：站起来了

甲：站起来的人是谁

众：是你、是我

是我们伟大的中华民族

● 诵读形式:

二人诵,四人诵,齐诵,伴诵。一名男领诵。

● 作者阐释:

早有构思,只是一直没有落笔。说早有构思,是因为那一阵子苦难的历史读多了,就想找个地方喊上几嗓子,可就是喊不出来,也没地方喊。一直憋到了2008年的奥运会,跟着狂喊了一个月,算是喊痛快了,还喊出了点灵感。

记得我刚参军的时候,一下连就赶上了自卫还击战,连长问我们想不想报名参战,战士啊!当然要报名,电影《英雄儿女》不是白看的。为此,家人还有些担心我。那时我还没有写诗之类的想法,回给家里的信也很质朴:你儿子不去,他儿子不去,那谁该去?

说实在的,如果真去参战了,这些话可能会比这本诗集出的更早。因为,很快就有人牺牲了,没人听到过他们说些什么,只是在南疆大地上看到了一块块忠诚的墓碑。这之前我也看到过一些墓碑,抗美援朝烈士墓碑,八路军烈士墓碑,红军烈士墓碑,天安门广场的人民英雄纪念碑。虽然地点不同,时间不同,名字不同,但相同的,都是默默地矗立在这块古老的土地上,仰望着天空,只是当时我还不能读懂它们矗立的含义。

后来我懂了,1840年以后矗立起来的所有墓碑,都是在提醒着我们,要站起来!快站起来。这时候,我的诗文才有了落笔处——你站起来了!

● 朗诵箴言:

说起音声,它触无体,观无态,无形、无色、无味,但我们却常常会被一些有声语言所吸引,被它的摄受力、感染力、作用力所融化,这就是音声的能量作用。人心的曲直决定音声能量的取向,或许我们会在清、畅、哀、亮、微、妙、和、雅八字箴言中体会到音声追求的智高境界。

● **背景视频：**

这首诗文的画面，可以从雕塑入手，强化视觉的照相性和造型性，画面中的物象，实际是穿越了时空，所谓的每一次站起，都是一次涅槃重生。这一次次站立，都要找到具体的代表性标志。例如：鸦片战争，义和团运动，秋收起义，飞跃大渡河，狼牙山五壮士，1949年开国大典等。同时，加入最时尚的中国元素。例如：高铁，飞船，奥运，阅兵等可以站立起来的标志。

● **音乐策划：**

开始的时候，可从一次强烈地轰鸣中暗淡下来，直到无声无息，然后引出诗文的第一句。之后，音乐逐渐走强，在六段诗文中，承上启下，铺陈点染，虽然诗文的第一句都是相同的，但是要表达的内容和意境却是各不相同，这就是音乐需要认真处理的部分，处理好了这几段的关系，诵读的艺术效果自然就出来了。

● **服饰设计：**

因为这首诗的诉说对象比较宽泛，所以在服装选择上，也可以宽泛一些。个人建议，有特点的民族服装可能更为合适一些。

伟哉 都江堰

有你滋养 这神州家园 一定会幸福美满

有你守护 这盛世国土会永保平安

甲：仿佛是很久以前

　　又好像就在昨天

　　一道江水漫过了成都平原

　　一场地震撼动了天府四川

乙：这是时隔千年的两次灾难

　　但都有着同样大气的结点

　　如果把历史拉成一根扁担

　　担起这两端的肩膀，就叫都江堰

甲：我相信，听到这个名字

　　江河一定会为之肃然

乙：我肯定，看见这样的文明

　　"奇迹"已算不上惊叹

甲：可都江堰从不在乎这些溢美之辞

乙：既是中流砥柱，就该力挽狂澜

甲：不是吗，那肆虐的岷江

　　在你的俯视之下，让水患变成了景观

乙：不是吗，那疯狂的地震

　　在你的成就面前，也知道沉默和汗颜

甲：有人说，你是水文化的摇篮

乙：可我要说，还不够

　　你是不屈不挠、与天奋斗的典范

甲：伟哉，都江堰！

　　你奔腾的，是中华民族生生不息的血脉

乙：壮哉，都江堰！

　　你筑起的，是大禹李冰和所有建设者的肝胆

甲：有你滋养，这神州家园一定会幸福美满

乙：有你守护，这盛世国土会永保平安

● 诵读形式：

独诵，二人诵。

● 作者阐释：

中国古代的水利工程中，都江堰是最有名的，很多这样的古建筑如今都已经湮灭在历史的尘埃里，侥幸留下来的也成为了历史景观。但都江堰不同，二千多年来一直发挥着分洪减灾和灌溉作用，还在为后人工作，还是中流砥柱。没有它之前，成都平原是"水乡泽国"，有了它之后，成都平原成了"天府之国"。这不可思议的水力哲学和灵动悠远的灿烂文明，真的让人惊叹。

四川地震后，我再次见到了它，我不知道它二千年来经历了多少次这样的灾难，可以肯定的是，它都挺住了，这次也不例外。听着它的涛声，望着湍急远去的河水，我仿佛是被远远地抛在了后面。不是吗？在它的智慧面前，我们确实是"落后"了两千多年！

本来想说一句随喜功德对话，朝拜它一下就好了，可是王阳明在耳边说话了：你未来看此花时，此花与你同归于寂，你来看此花时，此花的颜色一时明白起来。不错，以前的都江堰，谁写过什么与我无关，但是，现在我来这里了，都江堰就应该有我的赞美，让我们在两千年后，都能彼此明白。

《伟哉，都江堰》就这样写出来了。

● 诗歌首诵：

任志宏　海霞

● 朗诵箴言：

都说功夫在诗外，这诗外的功夫究竟是什么？是直接或间接的经历和生活，是所有的喜怒哀乐、悲欢离合的集成。

● 背景视频：

都江堰其实是一种文化象征，中华智慧和精神的象征。因此，画面当然是以都江堰为主背景，但是，需要延伸的文化内容还可以比较性体现出来。如意大利旅行家马可·波罗游览都江堰，德国地理学家李希霍芬把都江堰介绍给世界，都可以作为视觉展示。

但是这首诗文的重点是，生存的典范：都江堰——四川——中国——中华文明！

● 音乐策划：

涛声、水声当然是诗文的旋律，因为音乐的延展就是以水来推动的。但所谓的水声，就是音乐的律动，是从狂放不羁的肆意，到击打有节的驯服，一路缓缓讲来，叙述着都江堰涛声中的故事。音乐讲述一定是充满赞美、恭敬的动机，因为这不仅是对都江堰的赞美，更是对李冰父子工匠精神，以及中华智慧的赞美！

诵读者也可以借鉴《中华长歌行》节目原版的音乐思考，找到最佳的音乐表现氛围。

● 服饰设计：

这首诗文的服装没有什么特别的限定，能表达致敬之心就好。因为对于中华文明而言，我们既是传承者，也是弘道者。

以和为贵

「和」是中华文明的精髓

「和」对这世界弥足珍贵

小时候
每次要出门的时候
父母都会认真地叮嘱说
在学校跟同学要好好相处，以和为贵

长大了
离开家，走向社会
领导会反复地叮嘱说
大家是同事也是姐妹，应该以和为贵

再以后
我们与世界有了交往
华夏文明在殷殷叮嘱说
国家不在大小，和平共处，还是要以和为贵

是啊，"和"是原点
不能"和"的民族，大多支离破碎
的确，"和"也是风景
缺少"和"的家园，肯定也缺少妩媚

以和为贵，有时是一张抱歉的笑脸
以和为贵，有时是争执中的一步后推
或许是，对别人的无私帮助
也可能，让自己多受了些苦累

"和"是包容、是孝顺、是爱心

"和"是善良、是尊重、是安慰

可"和"绝不是不辩良莠，不明是非

面对一切丑恶，它绝不会"和"成同类

"和"是中华文明的精髓

"和"对这世界弥足珍贵

如果有人只想"失和"，肯定是文明的倒退

如果大家都追求"和谐"，那将迎来大同社会。

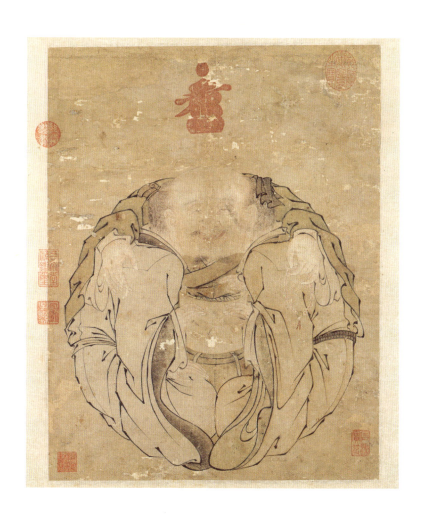

● 诵读形式：

一人诵，男女对诵。

● 作者阐释：

"以和为贵"是命题作文，命题作文的意思就是，你不一定很想写，但是非完成不可。以前看到过一个故事，说是有一个叫摩诃拘絺罗的人去找释迦摩尼辩论，他怕释迦摩尼劝他接受佛法，就自己先设定好了辩论的题目：我不接受一切法。看上去，他把不利于自己的辩论漏洞都给封死了。但是释迦摩尼就问了他一句话：你自己的法你能接受吗？他傻了，说接受吧，自己的法也在一切法中，说不接受吧，一个人连自己常用的法也不能接受，做人都毫无道理，思来想去，服了。

我差不多也是这种情况，"以和为贵"是我拿到的题目，如果连这个题目都不能"和"，还写什么"以和为贵"。就算是我的一次"和"的实践吧，遂成此诗。

● 诗歌首诵：

王凯　曾恬

● 朗诵箴言：

现代诗歌朗诵要素——情、境、声、韵、调。

情（强调情感）、境（强调意境）、声（强调用声）、韵（强调韵律）、调（强调语调）。

● 背景视频：

中国人很讲究"和"字，太极图就是"和"文化的浓缩。从廉颇、蔺相如的"将相和"到现在的和平、和谐、合作理念；从流传下来的圆形玉璧形态，到古代建筑遗址的居中风格；从古人所说的天人合一，到我们常讲的和和美美、家和万事兴等等，体现的都是和谐、合和的精神内涵。所以，物象画面都是中华文化的外延，反过来说，这些碎片化的外延呈现，也可逆向完成从物象到心像的文化解读。

● 音乐策划：

这首诗的音乐很有些禅味，表达清楚不易，甚至在旋律选择上都很不易。所以，从背景乐器的使用上看，古琴类的民族乐器比较好，主要是能突出诗文意境，营造出"和"的情绪氛围。

　　和谐是服装的设计标准，如果能从服装上传达出一些"和"文化的信息，就会让演出更有看点。

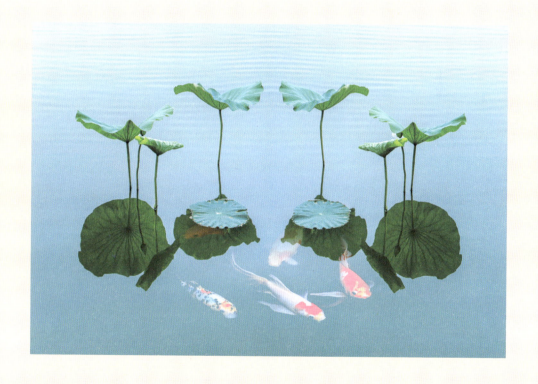

东方颂歌

东方圣土 文明摇篮

那是我的祖国和家园

东方有一片天

那天下诞生了炎黄老祖先

东方有一道川

那川里流淌出中华好诗篇

我曾问那天

那天写下了天行健

我曾入那川

那川已文明了五千年

礼仪之邦　秀丽河山

那是我的祖国和家园

弹一曲《高山流水》敬天地

升一面五星红旗在心间

东方有一座山

那山里汇聚了华夏众神仙

东方有一道关

那关里留下了大德五千言

我出生那山

那山给了我性本善

我走进那关

那关里紫气飞满天

东方圣土　文明摇篮

那是我的祖国和家园

画一幅《千里江山》敬天地

升一面五星红旗在心间

● 诵读形式：

独诵，二人诵，群诵。

● 作者阐释：

有人问我，你跟东方干上了，怎么写什么都离不开东方呢？我说对，我就是要提醒自己，无论未来怎样改变，都得记住自己是生长在东方的人。

记得九零年左右，最早一批在西方度过金的人回来了，但是他们再不肯说汉语了，甚至，都不承认自己是中国人了。估计当时他们是撕不下来自己那张黄脸，要能撕下来，他们也绝对不会客气的。跟自己的同胞说话，他们也要假洋鬼子似的说外语，明明能用中国话说明白的内容，非要在里面加上些外语词汇搅活，弄得好像中国字典缺字似的，感觉非常可笑。说他们可笑，不是因为我想臧否人物，怨他们说话不正经，而是因为我知道他们家以前是哪个村的，别笑，真的知道。

人在某些时候是健忘的，多写写东方的内容，多写写这块土地，算是在我们的灵魂里安上个北斗导航仪，走丢的时候拿来读一读，好按照着文字找回家来。

● 朗诵箴言：

朗诵者在舞台上的所有表演元素都要服从于内容的需要，那种上场没戏，手持道具的蹩脚表演，就好像"为赋新诗强作愁"一样，愁不等同于写出新诗，道具也不等同于是好的表演。上场没戏，手持道具，乱用道具，不解其意。

● 背景视频：

这首诗的背景离不开两种画面，一是中华文明的代表人物，例如炎黄，老子，孔子等，二是鲜艳的五星红旗画面，表现的是一种传承，一种精神和血脉的传承。

● 音乐策划：

这首诗的背景音乐可有两种表现形式，一是彻底不用音乐；二是用一段大气的交响乐为背景，不宜取中间。考虑诗文较短，如果选择音乐，一定不要拖泥带水，让音乐支撑起诵读高潮即可收住。

● 服饰设计：

个人建议，选取中式服装比较合适，还是要突出个性，展示东方时尚。

东方女人　你在哪里

流星雨　洒下了女娲的泪滴

男：东方女人

你太美丽

古往今来，多少动人传奇

女：东方女人

你太痴迷

倾国倾城，敢送江山社稷

男：随风化蝶

演绎千古绝唱

女：六月飞雪

书写悲情天地

男：哭倒长城

你是孟姜民女

女：母仪天下

你是大唐皇帝

男: 你有太多的眼泪

女: 你有太多的别离

男: 东方女人

　　你在哪里

　　明月中, 又传来嫦娥的短笛

女: 东方女人

　　你太神秘

　　天上人间, 多少扑塑迷离

男: 东方女人

　　你太离奇

　　弯弓长矛, 敢扫强虏铁骑

女：生死同行

  直叫人鬼相依

男：水漫金山

  施展旷世伟力

女：替父从军

  你是木兰小妹

男：银河相会

  你是牛郎发妻

女：你有太多的悲伤

男：你有太多的失意

女：东方女人

  你在哪里

  流星雨，洒下了女娲的泪滴

● **诵读形式：**

独诵，两人诵。

● **作者阐释：**

朋友开玩笑说，你真是东方人，写了那么多赞美东方的诗文还不够，还要写东方女人，你是不是得了什么东方癔症。有点，也不全是。我写东方女人，不仅是因为她们的容颜，还有她们的情怀。说心里话，这些性情中的女人，看似柔弱，关键时刻，常让长胡子的爷们汗颜。

明末清初卫泳的《悦容编》，是写东方女性的好文，其中有一句"大抵女子好丑无定容，惟人取悦，悦之至而容亦至"。此句甚合我心，我那"悦之至"在哪里？除了成语词典里对女性那数十个赞美的成语外，最悦处还是一个"格"字，不仅是因为"悦之至其容亦至"，更因为"悦之至其格亦至"。不是吗？任性逍遥，随缘放旷，东方的传奇故事若是缺少了她们，肯定会暗淡许多，所以必须写。

● **朗诵箴言：**

朗诵的最好状态是享受当下。排除紧张的最好方法是忘掉朗诵，让心安住于由衷的表达。

● **背景视频：**

在中国的神话故事里，女性的传奇很多，这些故事就是诗文的背景画面。它们也可以称为"仕女图"，只是这些女性的画面更有传奇色彩和东方特色。

● **音乐策划：**

这段音乐以民族器乐演奏为好，雅中有刚，刚柔并济。是两种极端旋律的互换交响。

● **服饰设计：**

因为这是专门为女性写的赞美诗文，所以，凡可定位于女性专属的节日都可演出。服装没有特定的要求，追求个性化，是诗文的本真，也是服饰的本真。

中华长河

让这波涛给世界带去惊奇和震撼

让这歌声一直唱出民族复兴的答案

甲：一个人的故事为什么这样久远

乙：一条江的传说为什么这样灿烂

甲：亿万年的奔腾秀丽了多少山川

乙：五千载的辉煌该是怎样的画卷

甲：你从大山大川里流过，

每一次跃动都吟唱出绝世的诗篇

乙：你在强汉盛唐中穿行

每一个回旋都激荡起文明的波澜

甲：多少先烈先贤

在这长河里倾注了深挚的情感

乙：多少仁人志士

在这长河中捍卫着坚定的信念

甲：前行之时，你遭遇过沟沟坎坎

奔腾之路，你撞上过危崖险关

乙：面对阻拦，你从没有左顾右盼

惊涛再起，你用飞跃诠释了强悍

甲：曾几何时

华夏复兴还只是一个美好的预言

乙：星移斗转

中华民族已在这长河里拔锚扬帆

甲：朋友，你相信吗

二十一世纪的大河之舞将会由中国人上演

乙：朋友，你看到了吗

共产党领导的盛世中国正在把梦想实现

甲：中华长河，你奔腾吧，

让这波涛给世界带去惊奇和震撼

乙：中华长河，你歌唱吧，

让这歌声一直唱出民族复兴的答案。

● 诵读形式：

独诵，二人诵。

● 作者阐释：

《大河之舞》在中国上演后，看过一篇文字：坚定的信念和毫不停驻的脚步，为生命喝彩，与大河共舞。大河向海，人生向前！写得精彩，激荡人心。特别是在《中华长歌行》创作的日子里，很容易激发出灵感。因为在我的面前真有一条大河——岷江，《中华长河》就在那一刻构成了初步意象。

余秋雨先生说："语言实在是一种奇怪的东西，有时简直成了一种符咒，只要轻轻吐出，就能托起一个湮没的天地，开启一道生命的闸门。"的确是这样，我只是想到了《中华长河》这个名字，就仿佛看见了一群人，若古若今，似近似远。接着就是如潮的文字，漫过眼前的时空。

一个人的故事为什么这样久远，一条江的传说为什么这样灿烂，亿万年的奔腾秀丽了多少山川，五千载的辉煌该是怎样的画卷……

诗的闸门就这样开启了。

● 诗歌首诵：

任志宏　海霞

● 朗诵箴言：

朗诵艺术创作应始于爱，并终于爱。当诗文由平面的纸媒转换为立体的有声语言，它便伴随着音声的艺术在时空中发散新的力量；世界上只有一种力量是源源不断的，那就是爱。爱是创作的源泉。伟大的科学家爱因斯坦站在生命的终点时说：直到最后我才明白　宇宙中一切能量的源泉竟是"爱"。

● 背景视频：

大江大河是当然的背景，但是要表现出中华文明的精髓，还必须回到文化符号的物象层面，这里的文化符号不只是浅层的物象纪录，而是精神境界的提升。所谓精神境界，当然都是由人来塑造成的，所以，找对历史人物和事件，就完成了背景氛围的设计。

● **音乐策划：**

　　这首诗文的气势非常重要，所以音乐也必须有合适的旋律，音乐可以从流水声进入，然后器乐逐步汇聚起来，代替声浪，最后形成澎湃奔流之势。也可参考《中华长河》原版音乐，原版音乐是由音乐人专门作曲录制的，在音乐语言的把握上会更加准确一些。

● **服饰设计：**

　　服装要以中式服装为主。

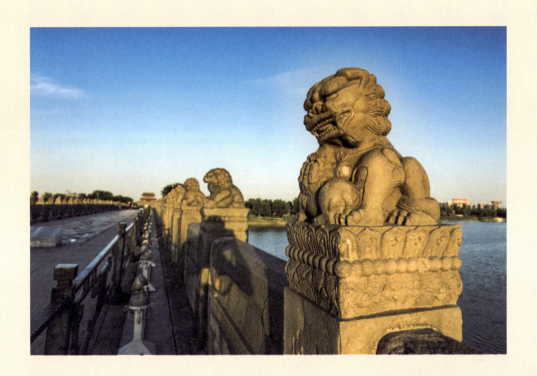

妈妈的小村庄

——中央电视台《中华长歌行》歌曲作品

作词: 东方人
作曲: 文 龙
演唱: 银河少年合唱团

有一年
妈妈离开小村庄
山坡上
春天梨花正开放
妈妈说,
明年花开就回乡
梨树下,
孩子天天在盼望

多少年，

妈妈回到小村庄

田野上，

春天梨花又开放

孩子说，

妈妈睡了在天上

土堆旁，

梨花白了满山冈

打开旧日的时光，贴近妈妈的脸庞

漫天的花雨里，都有妈妈的香

给我生命的地方，是妈妈的小村庄，

我会永生永世来守望。

今夜永远

——中央电视台第三届电视节目主持人大赛主题歌

作词：东方人
作曲：肖　白
演唱：腾格尔

我想有一天
我们能回到从前
要说的依然太多
笑还是那么璀璨

忘记昨日的成败
努力了说什么遗憾
放纵今天的喜悦
走过去依旧平平淡淡

我想有一天

我们能回到今晚

心是这样靠近

时光也变得短暂

留住那份记忆

别让真情从此消散

带上所有的祝福

有明天就有好梦相伴

今夜永远　今夜永远

有泪别说不轻弹

今夜永远　今夜永远

有梦就有星光灿烂

龙谣

——1999年中央电视台奥门回归知识大赛主题曲

作词: 东方人
作曲: 刘 琦
演唱: 孙国庆

有一个故事讲了五千年

有一种方块字历代都流传

故事说的是龙的历史

方块字写满了今古奇观

要听就听高山流水丝竹管弦

要学就学夸父逐日盘古开天

要写就写地支天干真草隶篆

要看就看长江长城长白雪山

龙子、龙孙、龙颜

龙心、龙魂、龙胆

让世界龙气不断

让中国龙脉永传

有一个神话讲了五千年

有一种气节历代都流传

神话里说的是龙的伟岸

那气节支撑起龙族江山

要听就听诗书礼仪古圣先贤

要学就学天下为公解民危难

要写就写国泰民安人心向善

要看就看黄山黄河黄土高原

龙子、龙孙、龙颜

龙心、龙魂、龙胆

让世界龙气不断

让中国龙脉永传

梦的翅膀

——2008中央电视台青少部特别节目歌曲

作词: 东方人

作曲: 范伟强

演唱: 银河少年合唱团

如果梦能有双翅膀

我会让她飞到天上的天上

如果梦能任意飞翔

我会让她找到爱的家乡

飞上蓝天我为彩虹鼓掌

降落外星我教 E.T 歌唱

一时醒来也许不够坚强

再入梦里还是天下无双

给我那梦的翅膀

有梦的日子志在四方

给我那飞的力量

少年中国梦与国无疆

真心朋友

——中央电视台第三届主持人大赛歌曲

作词: 东方人
作曲: 肖 白
演唱: 孙晓梅

你的笑容

让我感动了好久

你的话语

让我心颤抖

孤独的日子已不再有

你就是我真心朋友

我的掌声

你听到了没有

我的欢呼

够不够长久

你的辉煌我都拥有

我就是你真心朋友

你知道我的心事

我了解你的忧愁

永远不变，你是热情、是问候

一生守候，我是黑夜、是白昼

我知道你的心事

我了解你的忧愁

为你守候

我是黑夜是白昼

红旗颂

——中央电视台《中华长歌行》歌曲

作词: 东方人
作曲: 程　远
朗诵: 李慧敏
演唱: 雷　佳、蒋大为
　　　殷秀梅、戴玉强

我们走了多少天

我们走了多少年

风风雨雨走向前

无悔也无憾。

还是那红旗,

还是那句不朽的誓言

为了理想能够实现

再苦也心甘

哪怕多少坎坷, 多少艰难

我们等了多少天

我们等了多少年

东方巨人已站起，

昂首天地间

还是那红旗

还是那句动人的呼唤

长江万里奔涌向前

涛声永不断

让那中华大地阳光灿烂。

我要飞翔

——中央电视台第五届电视节目主持人大赛主题歌

作词：东方人

作曲：程 远

演唱：韦 唯

有一天我走出家乡

才发现外面的路曲折漫长

有一天我梦见星光

才知道梦和现实都充满希望

年轻的失败不必多想

挥挥衣袖还是满天阳光

有天空就该有坚强的翅膀

要追梦就别怕梦在远方

我要飞翔,高高地飞翔

飞过昨天,飞过山高水长

我要飞翔,尽情地飞翔

飞向今夜,飞向满天星光

盛世小唱

——六十集电视情景剧《大众古玩店》片头歌曲

作词: 东方人
作曲: 文 龙
演唱: 文 龙

中国就是大

上下五千年

想品味过去倾听历史就开个古玩店

百货迎百客

千人千张脸

稍不留神打了眼

你后悔到自残

看新你不能要

做旧你别给钱

古董江湖刀光剑影口诀是别贪

遇上那洛阳铲

千万别靠前

挖坟盗墓吵醒了祖宗

这事可不能干

平头老百姓

盛世藏古玩

你心里没底就廉价访古

玩的是喜欢

节气歌

——中央电视台《中华长歌行》歌曲

词: 东方人

曲: 程 远

春雨惊春清谷天, 夏满芒夏暑相连

秋处露秋寒霜降, 冬雪雪冬小大寒

一年的节气都要唱, 唱过了丰收唱过年

屠苏酒, 压岁钱, 欢歌笑语喜开颜

包饺子, 贴春联, 普天同庆大团圆

过年的喜事特别多, 过年的好话说不完

春雨惊春清谷天，夏满芒夏暑相连

秋处露秋寒霜降，冬雪雪冬小大寒

天上的日月轮流转，转过了旧历是新年

踩高跷、跑旱船，天南地北迎春天

舞狮子、拜大年，敬天敬地敬祖先

中国的节气有说道，说道最多的是过年。

中华民族

—— 中央电视台《中华长歌行》歌曲作品

作词: 东方人

风吹开了久远

一个民族来到了身边

云翻卷了时间

一条巨龙飞到了眼前

不记得用了多少年

那民族走过了长河险关

不知道过了多少天

那巨龙开辟出万里江山

中华民族，我的祖先

百折不回，仪态庄严

儿孙的脚步会走的更远

龙族光荣将四海流传

花隆重了风帆

一个民族开启了航船

雨和谐了笑脸

一条巨龙迎来了飞天

不用说辉煌多少年

那民族种下了星光灿烂

不必问目标多高远

那巨龙要的是身在宵汉

中华民族，我的祖先

百折不回仪态庄严

子孙的脚步会走的更远

龙族的光荣将四海流传

中秋月，亲情长

——中央电视台《中华长歌行》歌曲作品

作词：东方人

明月洒银光

思念随潮长

流在天上一条河

流在地下万道江

月在水中游

水在月边荡

相思千载云天上

短笛声声诉衷肠

中秋月，思念长

天涯回首是东方

月之故乡我故乡

四海同心永难忘

床前明月光

疑是地上霜

梦里抬头是银河

醒来低头是长江

心在情中藏

情在心中淌

血脉连着团圆路

雁阵行行回家乡

中秋月，思念长

天涯回首是东方

月之故乡我故乡

四海同心永难忘

红火的日子一万年

——中央电视台《中华长歌行》歌曲作品

作词：东方人
演唱：严当当

午夜的钟声还没敲完
争春的礼花已经灿烂
甜美的歌声响在耳边
迎新的饺子摆到桌前

把失意和坎坷留给昨晚
让欢乐和吉祥开启今天
钱多的钱少的都要过年
求一个大中华家家团圆

红火的日子一万年
有真情才会有永永远远
红火的日子一万年
有大爱才会有洪福齐天

红红的春联还没贴完
漫天的瑞雪已兆丰年
幸福的短信不断传唤
感人的话语温暖心田

把灾难和苦痛留给从前
让平安和幸福岁岁年年
年长的年少的都要问好
报一声福到了天下同欢

红火的日子一万年
有真情才会有永永远远
红火的日子一万年
有大爱才会有洪福齐天

我们的节日

——中央电视台《中华长歌行》歌曲作品

作词: 东方人
演唱: 蒋大为、麦穗

爷爷说, 节日是丰收的那一天

奶奶说, 节日是团聚的那一面

爸爸说, 节日是回家的那一步

妈妈说, 节日是亲情的那一唤

祖先的辉煌在日历中翻转

每个节日都秀美了黄皮肤的容颜

年年走过的三百六十五天

春夏秋冬都记录着黑头发的心愿

我们的节日是生活美的诗篇

我们的节日是大智慧的礼赞

中华的传统一定会接续久远

龙族的子孙一定会复兴团圆

太阳说，节日是光明的那一天

月亮说，节日是十五的那一面

大地说，节日是春归的那一步

江河说，节日是竞渡的那一唤

悠悠的岁月在四季中变迁

每个节日都牵动了老百姓的思念

千年的故事在历史中流传

诗辞歌赋都记录了中国节的灿烂

我们的节日是生活美的诗篇

我们的节日是大智慧的礼赞

中华的传统一定会接续久远

龙族的子孙一定会复兴团圆

中华人民大团

人民英雄

—— 中央电视台《中华长歌行》歌曲作品

作词：东方人
作曲：范伟强

我不说你多普通

那面孔就在人海中

我不说你多光荣

那名字比泰山更重

看不出与众不同

没有想身后留名

在民族危难的时刻

你用一腔热血刻下忠诚

啊，人民英雄

在祖国的怀抱里，你得到永生

兰亭猜想

——中央电视台春节诗文诵读晚会歌曲作品

词：东方人

山间竹林旁

有人在歌唱

花香风也香

小溪静静淌

曲水伴流觞

水长情更长

落笔写春光

惊起雁飞翔

天边成诗行

月到水中央

映在你身上

思念已成双

你挽住夕阳

留下猜想

听山风轻轻的讲

春也匆忙

歌也匆忙

那记忆还有酒香

你走出红尘

带着忧伤

兰亭就成了绝响

人也回望

情也回望

那份爱还在流淌

我爱你，妈妈

——为纪念方志敏烈士而作

词：东方人

我走了，妈妈

为了我们的家

我走了，妈妈

我是你骄傲的田娃

分别的日子，我会托大雁传话

想儿的时候，望望满山的晚霞

快看啊妈妈，

如果你门前有一朵小花

上下点头，

那就是我在对你说话

听我说妈妈

如果你梦里有一片花海

左右摇摆

那就是我说，我爱你妈妈。

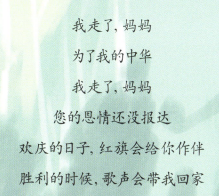

我走了，妈妈

为了我的中华

我走了，妈妈

您的恩情还没报达

欢庆的日子，红旗会给你作伴

胜利的时候，歌声会带我回家

快看啊妈妈，

如果你门前有一朵小花

上下点头，

那就是我在对你说话

听我说妈妈

如果你梦里有一片花海

左右摇摆

那就是我说，我爱你妈妈。

当军旗飘起来

作者: 东方人

当军旗飘起来
谁能阻挡我们的豪迈
当军旗飘起来
向前，就是我们的节拍

期盼和平
我们担当四海
亮剑沙场
我们横扫阴霾

生与死军人气概

血与火战士情怀

当军旗飘起来

向前，用胜利喝彩。

寻 找

——2011 年中央电视台"6.11"文化遗产日直播节目主题歌

作词：东方人

作曲：文 龙

演唱：韩 冬

走进历史

谁开启了人类的大脑

阅读昨天

谁收藏了爱的歌谣

祖先的传奇还有多少

灿烂的文明怎样拥抱

黄昏、深夜、拂晓

明月、大漠、松涛

想知道

万年的光阴哪段最好

想知道

逝去的年代什么才重要

寻找，寻找

寻找那些精彩的古老

寻找，寻找

寻找那些智慧的创造

只要记忆里留下过美好

相信一定能找到

生命不能等待

—— 中央电视台科教频道抗击非典直播晚会歌曲作品

词: 东方人

有四季就有春风吹来

有阳光就有鲜花盛开

有伤痛就有真心关怀

有微笑, 希望就在

把手挽起来, 把心连起来

相互支撑不需要表白

让爱聚起来, 让血热起来

给世界一个温暖的未来

生命不能等待

春天已经到来

一份付出留下多少精彩

人生岁月，我们携手重来

厚土高天

——中央电视台1999澳门回归晚会歌曲作品

作词：东方人

作曲：孟庆云

演唱：孙 悦、佟铁鑫

你离去时，我没有看见

听人说那个夜晚非常黑暗

你归来时，我一定会看见

我敢说，那一刻会星光灿烂

竖一个沙漏，静静地祈盼

让时间把一切了断

画一张地图，标一串思念

让游子看清回家的航线

火药的故乡，不再会被火药弥漫

罗盘的指针不会再指不出自己的家园

血脉亲情，厚土高天

大中国一定会团团圆圆

你离去时，我没有看见

听人说那一天细雨不断

你归来时，我一定会看见

我敢说，那时节会朗朗晴天

编一个花环，许一个心愿

让文明给野蛮一个答案

开一坛美酒，摆一桌喜宴

为游子拂去回家的疲倦

火药的故乡，不再会被火药弥漫

罗盘的指针不会再指不出自己的家园

血脉亲情，厚土高天

大中国一定会团团圆圆

生命如歌

——2001年"3·15"国际消费者权益日歌曲作品

词: 东方人

有个梦已经失落

有段情我不忍再说

告别昨夜已是新的开始

挥挥手, 不再脆弱

守住生的收获

忘记痛的折磨

人间风雨总会走过

笑一笑, 天高地阔

生命如歌

每一天都会有潮起潮落

生命如歌

每一秒都应该真心度过

有份爱失去太多

有段路我不想经过

永远等待算不算执着

站起身，心还是很热

点燃新的希望

擦去泪的苦涩

未来的路还会很长

拍拍手，就有欢乐

生命如歌

每一天都会有潮起潮落

生命如歌

每一秒都应该真心度过

图书在版编目（ＣＩＰ）数据

中华颂 / 东方人著. -- 北京 ： 团结出版社，
2020.1
ISBN 978-7-5126-7311-3

Ⅰ. ①中… Ⅱ. ①东… Ⅲ. ①诗集－中国－当代
Ⅳ. ①I227

中国版本图书馆CIP数据核字(2019)第183047号

出　版：团结出版社
　　　　（北京市东城区东皇城根南街84号　邮编：100006）
电　话：（010）65228880　65244790　（出版社）
　　　　（010）65238766　85113874　65133603（发行部）
　　　　（010）65133603（邮购）
网　址：http://www.tjpress.com
E-mail：zb65244790@vip.163.com
　　　　fx65133603@163.com（发行部邮购）
经　销：全国新华书店
印　装：三河市东方印刷有限公司

开　本：170mm×240mm　　　16开
印　张：15.5
字　数：200千字
版　次：2020年1月　　第1版
印　次：2020年1月　　第1次印刷

书　号：978 - 7 - 5126 - 7311 - 3
定　价：88.00元